ある駐米海軍武官の回想

元海将・寺井義守 著
元空将・佐藤 守 校訂

青林堂

校訂にあたって

十年ほど前になるが「海上自衛隊創設のための準備機関であったY委員会の幹事・寺井義守中佐の何か古い資料が残っていませんか?」とある記者から電話があった。

家内が遺品を整理をしてみたところ、トランクの中から、一二枚に亙る「タイトル」のメモのほかに、一八…五…二九、一八…十一…二二、一九…一…二四などという、主要な作戦日時に関すると思われる未完のメモが混ざった、二五〇枚以上に及ぶ貴重な資料が出てきた。

其の他に、追加資料とみられるものや、各種のメモや写しが束ねられていたが、ここでは整理できるものを時代順に整理した。

最近、特に若い学徒やジャーナリストらの間に日本の近代史、とりわけ大東亜戦争史を学ぼうとする氣運が高まってきたことは大いに喜ばしい。

更に若い研究者や自衛官の中にも、当時の日本人が生きた困難な時代の真相と、それに立ち向かった多くの人々の偉業と、その後の自衛隊創設期に何があったのかを知ろうとする者が現れたことは非常に嬉しく良い傾向だと思われる。

そこで当時の〝現場の雰囲気〟を彼らに知ってもらおうと思い取りまとめることとした。上海、南洋、ワシントン、東京、そしてマニラなど、大東亜戦争の要所で活動した海軍士官の貴重な体験記録が、若き学徒らの研究に役立つことを期待しつつ。

なお、校訂に当たっては極力原文のママとしたが、特に難解な用語にはルビと（　）で解説した。又、寺井中佐の行動記録を補填する他の資料の一部を、当時の状況などを知るための一助として、関連項目の後に【参考資料】【校訂者注】として添付した。

佐藤　守

平成二十五年夏

〔目　次〕

第二章　戦中編

第三章 戦後編

二十三、海上警備隊の創設

第1章

戦前編

一、わが生い立ち

私は日露の戦雲急を告げつつあった、明治三十六年十一月十五日に、父・寺井栄蔵、母・ハクの長男として北国の寒村に生を受けた。

私の生まれたところは、能登、加賀、越中の国境に近い宝達山（標高六三七メートル）の能登側の中腹にあったので、日本海と能登半島を眼下に眺める事が出来た。

また少し足を運んで宝達山に上れば、晴れた日には能登、加賀、越中の全景と、洋々とした日本海を一眸《いちぼう》のうちに収める事が出来た。

しかしながら、こんな景勝地ではあったが、土地は急斜面で段段畑であったので、村人たちは農耕だけに頼る事が出来ず、養蚕《ようさん》や山仕事にも精をだしていたが生活は楽なものではなかったようだ。

幸い、私の家は小さな地主であったので、私は幼心にも私の家は裕福で幸せだと思っていた。また、私の祖先の消息については余り明らかではないが、郷土史などによれば古くから村の肝《き》煎《も》《いり》（世話人）などを務めており、多分善良で平凡な人達であったと想像される。

私の物心のついた時の我が家の家族構成は、祖父・寺井栄八、祖母・たつ、父母、それに私と私の幼い弟妹たちであった。この他に父の弟・即ち叔父の外次郎がいて、大変私を可愛がったことを聞いているが、彼は父と共に日露戦争に応召し、父は凱旋したが、彼は旅順攻囲戦に参加し、明治三十七年八月二十一日に万龍山の攻撃で戦死した。

二、祖父母や父の思い出

私の祖父・栄八は頑丈で大変に律義者《りちぎ》であった。その上働き者であったので村人たちから尊敬されていた。祖父は、私に男の子は骨が丈夫でなければ達者な者にはなれないと常々言っていた。そうして私に魚を頭から骨や尻尾まで食う様にと教え、自分でも魚を丸ごと噛んで模範を示してくれた。

私も初めはだいぶ辛くて〝骨が折れた〟が、慣れるにしたがって魚の骨を外して肉だけ食べることは何となく味がない様な気がしてくる様になった。私の体が丈夫になり、人一倍大きな体になれたのは祖父のお蔭だと思っている。

私の祖母についての思い出は多い。元来私は大のオバアチャン子として育ったらしい。私は祖母によくおんぶされたり手を引かれたりしてお寺参りしたことを覚えている。そして、その都度《つど》お小遣いをねだって、一銭、二銭とお金を貰い、飴玉を買ったり、メンコ（歌留多）を買うのが何より楽しみだったことを覚えている。

また、私は三歳くらいの時、眼病を患い悪くすれば失明するとまでいわれたが、私の家から二駅も向こうの一ノ宮という所の眼科医の許《もと》まで、祖父母におんぶされてせっせと通ったお蔭で失明もせずに完全に治癒《ちゆ》したのであった。今から思えば有り難いことである。

私の父は一徹で自説はなかなか曲げない頑固者であった様だ。よく悪戯をしてしばしば叱責《しっせき》されたり折檻《せっかん》されたりした怖い思い出が多く残っている。私の頑固な性格は、親譲りのものらしい。しかし、一面親切な所もあり、私が兵学校受験の最後の日に、朝起きてみると大変な大雪で、私の家から最寄り駅までの険阻《けんそ》な山道は吹雪のためにどこが道路だか分からなくなっていた。

父は早速藁靴《わらぐつ》に履き替えて私の前を人が一人通れるだけの道を作ってくれたので、ようやく駅にたどり着き一番列車に間に合って試験を無事終了する事が出来た。私は父の親切と温情を今も忘れる事が出来ない。

母についての思い出は数多い。私が悪戯をして父から折檻される時は何時《いっ》でも私を弁護して庇《かば》ってくれた。母はまた大変読書が好きで、暇さえあれば小説や本を読んでいた様だった。そして私によく物語をしてくれたが、寂しい物語や怖い話になると何時も母の膝で母の身体にしがみついてガタガタ震えていたそうだ。それで母が人に「こんな神経質な子供はいない」と語っていたのをよく覚えている。

母は、私の家から駅二つ程離れた、富永村字深江という在所から嫁いできていた。それで時々里帰りするのだが、私は母に連れ立って深江に行くのが子供の頃の楽しみであった。そこには、外祖母や伯父伯母が居り、親切に私たちを迎えてくれたからである。

私が兵学校に入った時は軍国主義華やかな時代でもあった関係からか、伯父は特に喜んでくれた。

母の生家の中田家は裕福な多産系で、ここには私と同年輩の女の子を頭に数人の従兄弟たちがいた。私の家は、私を頭に、長女・次女・参女・四女・次男・参男・五女・六女・七女という男三人・女七人がいたが、次女は生後間もなく死亡した。末弟は中学を出て間もなく腸結核を患い死亡し、また次弟は、私同様陸軍のパイロットになって出征したが、終戦の前々月、昭和二十年六月十四日にフィリピンから台湾に向かう途中、バシー海峡の上空で敵機の待ち伏せ攻撃に出会い、これと交戦して惜しくも戦死した。戦死後陸軍少佐に進級した。享年二九才、これが母の晩年の心残りであった。

これら懐かしい思い出の人達も、私が故郷を離れて遠いところに生活する様になったため、多くの場合臨終に間に合う事が出来なかったのが、今から思えば心残りである。

三、私の悪戯ぶり

学齢期に達すると私も小学校に入り、十キロほどの田舎道（というより傾斜の多い山道）を毎日通学する事になった。勿論《もちろん》、服装は「着物に下駄履き」という出で立ちであったが、冬が早い北国の事とて、十一月の終わりから翌年の四月頃までは雪が降るので、和服に股引をつけ、これに草鞋《わらじ》を履いて「ゴザ」を身に纏《まと》うという出で立ちであった。

学校から帰ると、本包みを玄関から家にほうりこみ、悪童たちと遊び歩くという日が毎日続いた。遊歩区域は広大で、四囲《しい》の山野を駆け回り、夏は魚取り、冬は兎の罠作り、その他の時は兵隊ごっこなどして遊び回って、家にいて勉強するなどの事はまれであった。

また私の国はシベリヤ通いの渡り鳥の通路に当たっていたので、色々な鳥が渡ってきた。その頃私の父は、道楽仕事で一時ツグミ取りをした事があった。私も父の小屋に何度か行った。ツグミ取り網にはかわいい小鳥たちが掛かる事があり、それを貰って飼った事がある。それが病み付きとなって小鳥取りを覚える様になった。

一時はヒワ、アトリ、コマ、メジロ、イスカ等々、十数羽ものおとりを飼い、毎朝未明に起きだして山に行き、霞網や、餅竿などを張った。渡り鳥の大群が、おとりの鳴き声に誘われて大挙霞網や餅竿に掛かった時は、痛快この上もないのである。

これが病み付きとなって学校へ行くのが遅くなり、時には一時間も二時間近くも遅刻する事がしばしばあった。それで学校の先生から親たちに注意があったらしく、ある日の朝、父が突然私の作った粗末な山小屋に訪れた。私は咄嗟《とっさ》に「これは大変な事になった。今日はひどく叱責されるだろう」と覚悟した。ところが父は案外に穏やかで、私に「お前はよくよく鳥が好きと見える。今日以後は学校を止めて本職の鳥捕りになれ。そうすれば、よいおとりも、鳥網も好きなだけ買ってやろう」と言うのだ。

私はこれには閉口して心から悪かった、と思った。それからは小鳥取りを止めた。

こんな悪童にも泣き所はあった。私は元来鼻が悪く、小学校時代はよく鼻を垂らしていた。それで鼻を二回も手術した。

第一回は鼻中隔湾曲の手術、第二回目は蓄膿症の手術であったが、手術後はさっぱりした。また、寝小便をする癖もあり、これは小学校高学年になっても時々漏らす事があった。隣村のお祭りに、従兄弟の家に行って泊まり、その晩もしくじり、朝早く他人の目に付かぬうちに起きて逃げ帰った思い出がある。

こんな悪童たちを受け持った先生方は大変だったろうと今では思われる。しかし、謹厳な西村校長を始め、西島、松島、野崎、布目、荻原、登、神崎などの諸先生は、私たちを親切に指導して下さった。七十四年経った今でも、これらの先生方の面影が眼前に浮かぶのである。

四、農学校へ進学

私は小学校六年を終えると、約五キロほど離れたとなり村の高等小学校に入る事になった。

当時は農村が疲弊していたとみえ、私の同級生が五〇名くらいばかりいたが、高等小学校に進学したのは私一人だけで、他の人達は皆進学を思い止どまって家事の手伝いをしなければならなかったから、私は友達から羨望の目で見られた。

高等小学校の二学年が終わろうとするある日、父は私に「お前は長男だから家業を継いで貰いたいが、それにしてもこれからは中学教育くらいは受けておく必要があろう。それには中学へ行くよりも農学校の方が適当と思うから受験をする様に」との事であった。

私も同意し、金沢の近傍《きんぼう》の松任町にある石川県立農学校を受験する事になった。

応募人員は定員くらいであったから試験の事は一寸《ちょっと》も気にならなかったが、さて入学式の日になると式の始まる少し前になって先生から「お前は新入生を代表して謝辞を述べよ」と言われたので面食らった事だけは覚えている。しかし、どんな事を喋ったかは今では思い出せない。松任町は汽車で二時間以上も掛かる所だったので、生まれて始めて家庭を離れて寄宿舎生活をする事になった。

寄宿生たちは、県下の地主の長男が多かった。それで彼等は皆、卒業後は家に帰って家業を継ぐ事に決めていた。それで、上級学校を目指す様な人は極めてまれで、ガリ勉をやる様な者はいなかった。学科目も農業の専門科目が多く難解なものではなかった。

この学校の特異な点は、午前に四科目、午後一科目の座学が終わると、全員学校の実習農場に出て二時間くらいの農業実習をやる事であった。それでも学校の空気は和《なご》やかで、先生・生徒間の親しみも深かったようだ。

また、相撲や柔剣道も盛んであった。特に相撲は盛んで、県下の中等学校の連合試合が金沢の外港金石町で毎年行われるのだが、それに優勝したこともあった。私は柔道の選手をしていたが、県内の中等学校との試合はもとより、県外の農学校との試合に遠征することもあった。私は副将格で、試合には割合強い方であった。

私が兵学校に入った時、私の宿敵小松中学の副将・北村君がすでに兵学校に入っていて、昔語りをしたことがあった。

また、戦後自衛隊に入って、横須賀総監になった時、金沢一中の宿敵・小林庄平君が石川県副知事になっていて、私が帰郷した時にはしばしば金沢市から出向いてこられ、私のために盛大な歓迎会を開いて下さった。有り難いことであった。

当時の校長は三宅先生といい、謹厳な人格者であった。校長は「松任農学校は札幌農学校、愛知県の安城農学校と共に、日本では創立の古い歴史をもった有名校であるので、その名を辱めないように」とことあるごとに訓示された。その下の富田教頭は口八丁、手八丁のやり手で雄弁家であった。

私は卒業後県外生活が続いたので、同窓生と会うことはまれであったが、艦の巡航先の北海

後列向かって右から二番目が寺井

道や満州など、思いがけないところで同級生に会うこともあった。

先年、母校の創立百年祭が催されたので久し振りに松任に帰ったが、同級生の出席は少なくて寂しかった。彼等の多くはすでに死亡し、生き残った人達も老齢で出席が出来ないということだった。やはり北国の気候が長生きには適さないからではないか？　とも思った。友人たちは私に「どうせ兵学校に入るのだったら、農学校など回り道をせずに直接中学校に行けばよかった」などと言うのであるが、私は決して回り道だとは思っていない。貴重な青春時代に、自然に親しみ、伸び伸び学生生活を送ったことが、如何《いか》に有り難かったかを思うのである。私に、樹木を愛し菜園作りの趣味を教えてくれたのは、農学校三か年の生活の賜物《たまもの》ではなかったかと思っている。

私は、休暇の度《たび》に帰郷し、私が学んだ農業上の新知識を村人たちに披露したが、彼等は私の仕入れてきた新知識に対して一向に興味を示さないで、かえって「我々には長年の経験がある。青二才の癖に何をいうか」というような態度であった。因循姑息《いんじゅんこそく》で自分達の長年の習慣・経験を唯一のものであると考えている彼等には、何の新味も興味もなかったらしい。私は彼等の態度に失望し、こんな状況のもとで一生小地主として彼等と生活することにうんざりしていた。

ある日、私にふと上級学校の試験を受けてみようかな、という考えが湧いた。ところがさて受験ということになると、農学校卒業生を受け入れてくれる学校は、高等農林学校のような農業関係専門学校以外には受け入れてくれる学校がない。他の学校を受験するには、すべて中学校卒業の資格が必要であった。

農業専門学校卒業では、たかだか県の農林技師くらいで行き止まりだ。これでは、野心満々で、大望を夢見る若い自然児の欲望を満足する術《すべ》がない。私はあれこれ学校を探しているうちに、海軍兵学校だけが受験資格に制限がなく、実力があって試験に合格さえすれば採用してくれることが判った。そこで海軍兵学校を受験することに決めた。

それで早速同僚や先生に話したところ、皆一様に「それは無謀だ。兵学校は全国一の入学が難しいところだ。何しろ、農学校では普通学の素養が足りないので、入学が比較的易しい高等農林学校にさえ、元農学校卒業では一度の受験で合格することが難しい。無理な考えは止めた方がよい」という具合だった。それでも私の兵学校受験志望は挫《くじ》けなかった。今から思うと、当時学校の前にあった文房具店の息子が、金沢一中から兵学校に入学し休暇で帰郷した時に、短剣姿の凛々《りり》しいスタイルに魅せられたことがあるが、これも私の兵学校志願の動機となったことであろう。この人は、中野外代吉君といって、有能な海軍士官であったが、惜しいことに、日支事変中に支那方面艦隊の作戦参謀として飛行艇に搭乗、作戦連絡任務を実施中に飛行艇が不時着陸して殉職した。惜しいことであった。

私の農学校在学三か年の生活も終わって大正十年四月に帰郷することになった。

そこで、試みに兵学校を受験してみることにした。もとより成算があってのことではなかった。当時は、兵学校の試験場は全国の主な都市に分散して行われた。北陸地方では金沢に試験場が設けられた。

六月頃、一週間くらいの日程で試験が行われたが、最初の日は身体検査で、受験者は百数十名位いたが、身体検査で百名くらいに絞られた。それからは毎日一科目づつ、まず数学、英語、国漢文、物理化学、地理歴史、動植物と、順次行われたが、毎日試験が行われるたび毎《ごと》に不合格者が発表されて、最後の日まで残った者は二十名くらいになった。私は最後まで居残ったが、意外なことには振り落とされた連中は皆、中学出の人達だった。それで私は中学出は恐れるに足らずと大いに自信を深めた。だが、最終的には採用とはならなかった。それからは私の猛勉強が始まった。

【参考資料＝松任農学校史「六星土に人に」から】

《「ただ一人の海軍大卒」

「神州不滅」を信じていた国民を虚脱状態に陥れた終戦の玉音放送が流れて五日目の昭和二十年八月二十日深夜、静岡県の天竜川河口に軍用機が不時着した。連合軍進駐を受け入れ準備のためフィリピン・マニラのマッカーサー司令部へ赴いていた河辺虎四郎中将の一行が乗っていた。幸い全員無事であったが、敗戦の決まった十五日から十六日にかけて自刃した上司、同僚のことを思うと一行の胸中は複雑だった。とりわけ、羽咋郡南大海村（現高松町）出身で大正十年県立農学校卒の寺井義守海軍中佐はその感慨を深くしていた。十五日夜、遅い夕食を共にした特攻隊生みの親の大西滝次郎中将が、翌日自害したからである。寺井は時に四十二歳。軍人生活は二十二年に及んでいた。

「大西さんは腹を切る素振りは微塵も感じさせなかった。私たちに生き残る責任を感じさせようとしたんですかね。私らは終戦処理の使命を持たされていましたから…」。

東京・世田谷で七十六歳の静かな余生を送る寺井は、松農出身者の中で唯一の海軍大学校卒業生である。大正十二年、三度目の挑戦で江田島（広島県呉市）の海軍兵学校に入学した。第一次大戦への参加で中国・青島、南洋諸島を手に入れ、列強国入りを果たした日本の国内には、当時軍国主義が華やかさを極めていた。寺井の兵学校入りも、多分に若き軍国少年の熱血主義によるものであり、長男ではあったが父親も「兵学校なら家を離れてもいい」と許した。

「厳しい訓練に耐え」

寺井はいかにも農村の生まれらしく物静かな性格であった。しかし、率先垂範を旨とする農学校に学んだおかげで、兵学校の訓練に十分耐えた。実直タイプに海軍伝統のスマートさを加えた寺井は、昭和十二年海軍大学校卒業後中国に派遣された。

さらに十五年、駐米日本国大使館駐在武官となり、蘆溝橋に続くノモンハン事件で、日本が国際的孤立を深める中、対米交渉の最前線に立ったのである。しかし、ついに日本は真珠湾を奇襲、日米は不幸な戦いに突入した。寺井は帰国、大本営参謀本部附として終戦を迎えた。

「海上自衛隊に入る」

寺井は二度と軍服を着ることはないと思った。しかし、米ソ冷戦の幕開けによって海上自衛隊の編成準備を命じられ、以後、海上自衛隊員として再び「軍隊」の中で自らの戦後を歩み、三十五年に横須賀地方総監で退職（校訂者注：幹部学校長）した。

寺井は今決して感情論からではなく、道理の回復を訴える。余りに理不尽なことが多すぎるとの思いが強くよぎるためである。農業とて例外ではないと指摘する。「毎年収穫期が近付くと農民が米価値上げ運動を行う。これは耕作民の生活水準を維持しようという考えであるが、米価はすでに国際水準の二倍以上になっているのだ。一方で大農法を夢見る農民がいる。日本農政の欠陥に他ならない」。

寺井が六星百周年記念誌に寄せた一文である。寺井の同級生は三十二人。

（一一三〜一一四頁）》

五、海軍兵学校受験

私はまず中学校教科書の古本を、金沢の古本屋で求めてきて、それを初めから丹念に勉強した。農学校で習わなかった東洋史や西洋史は、年号などを壁や天井に貼って無理やり暗記した。だが、英語だけは自習というわけにはいかなかった。それで考え抜いた末に、短期間だけ東京に遊学して英語だけ勉強してみようと考えた。私は父に相談したが、父も私の兵学校受験に半信半疑だったので、色良い返事が貰えなかった。そこで八月のある日、私は僅かな身の回り品だけを持って無断で上京した。そして私の叔母の主人の弟さんを頼った。この人はSさんといって、当時は深川で靴下製造工場を営んでいた。住宅の一部を工場にして靴下編み機が数台備え付けてあり、住み込みの工員も四・五名いて、極めて手狭な住居であったが快く私を受け入れてくれた。すぐに故郷の方へも連絡してくれ、私はここで当分暮らすことに決まった。

私は早速神田に行って、私が学ぶべき学校を探し回った。その頃、神田駿河台に普及英語学校というのがあり、その受験科が私の希望に適ったものであるように思い、ここで勉強することに決めた。

ここでの約六か月の勉強は、私の英語の実力が大変向上したように思えたので、帰郷しようと思っていた矢先、知人の一人が私に「君は兵学校受験のことばかり考えているが、もし万一入れなかったことをも考えて、今までの勉強が無駄にならないように金沢の第四高等学校も受験してはどうか。それには折角《せっかく》上京しているのだから、その資格を付けてはどうか」と忠告してくれて、いろいろと学校を物色してくれた。

そこで私は四月の新学期から、品川区新銭座にある攻玉社中学校四学年の編入試験を受けて一学期ほどここに通学した。

この年の兵学校試験は東京で受験したが、この時には体力が減耗したせいか、初日の体格検査で片手懸垂がどうしても出来ず、ついに不合格を言い渡された。これは田舎から急に東京に出て、その上無理な勉強がたたって体力が衰えたためである。

私は東京に長居すれば元も子もなくなる、と思い切って東京を引き上げて帰宅した。そうしてまた猛勉強を始めたが、絶えず体力を付けることをも忘れなかった。

兵学校の三度目の試験期日は、前年度よりも五か月ばかり早まり、一月頃の試験であった。例のとおり、最初の日は体格検査で、それに合格すると一週間くらいの学科試験があった。私は身体検査の日は家から一番列車で金沢に行き、それからは宿屋に泊まって試験を受けることにした。

身体検査の日の朝はあいにくの大雪であった。朝起きてみると道がどこかわからないほどに積もっていた。父は大変に心配してくれて、かいがいしく身繕《みづくろ》いして私の先に立って、道を踏み固めてくれた。そうして里の大道に出るまで私を先導してくれたので、一番列車にようやく間に合って試験場に入ることが出来た。そして身体検査も順調に終わり、学科目の試験にも十分自信がもてた。身体検査の時は、百名以上もいたのに最後の学科試験を受けたのは十数名であった。試験が終わると、洋服や靴の寸法取りがあったので、何だか合格でもしたような気がした。

三月初め頃、合格の通知が届いた。私は元より、父母、妹たちも喜んでくれた。勿論私は心の底から嬉しかった。長い人生の中で最も嬉しかった時であったろう。その時私はしみじみと思った。一旦志を立ててたゆまず努力すれば不可能なことはないと。これが私のその後における人生の指針のようなものになっていったように思う。その点で私の兵学校受験は、私の人生に大きなプラスであったように思われる。

六、江田島生活

江田島への旅は一人旅として生まれて始めての長い旅行であった。途中の事故のことを心配して父が「送ってやろう」と言うのを断って一人旅立った。現在のように汽車便も悪かったが、途中二~三回乗り換えて、今庄と呉とに二泊して小蒸気（小型蒸気船）で本土から江田島に渡った。

兵学校に着いてみると、早速身体検査が始められ、合格者は仮入校ということになった。私も別に身体検査で引っ掛かるような箇所もなかったので、仮入校が許され、生徒館の一室に導かれた。そこには身体検査を終えたばかりの大勢の同僚たちがいた。早速生徒用の予備服に着替えさせられた。この際には、家から身に付けてきた一切の着物、すなわち下着から褌《ふんどし》の類いまで脱がされて、それを荷造りして家に送り返すのである。荷造りの材料も全部揃えてあった。

そこではまた、一月の試験が終わったばかりの大勢の同僚たちがいた。そこには一月の試験が終わった日に寸法を取っておいた私たちの靴が出来上がっている。軍服の方も仮縫いが終わっていて、私たちが着替えてみて最後に悪い箇所が修正されて入校式の着用に間に合うようになっていた。さすがに、海軍というところは万事に付けて手回しがよいところだ、と感心した。

大正十三年四月七日朝、海軍兵学校の全職員と生徒は、立派な御影石で作られた大講堂に集合した。勿論、仮入校を許されていた私たちもその中に混ざっていた。その日は私たちの晴れの入校式なのである。私たちは新調の軍服軍帽に短剣姿という凛々しい出で立ちで、誇らしさで胸が一杯であった。

やがて私たちの姓名が次々に読み上げられ、終わると谷口尚真校長から「海軍兵学校生徒を命ず」との宣告があって、第五十四期生徒が誕生した。当時の兵学校生徒は、第五十一期生徒（第四学年生徒）、第五十二期生徒（第三学年生徒）がそれぞれ三百名づつ、第五十三期生徒（第二学年生徒）が五十名、それに我々五十四期生徒（第一学年生徒が二クラス）が八十名で、私は九番で合格していたことが後で分かった。

これは帝国海軍が八八艦隊計画時に三百名の生徒が必要であったのだが、華府（ワシントン）会議の結果、八八艦隊計画がご破算になったので、一挙に生徒数が五十名までに削減されたのであった。

さて翌日からは兵学校生徒の生活が始まった。兵学校の生活は分隊制が取られており、一個分隊には三十乃至《ないし》四十名の生徒が各学年入り混ざっていた。分隊には分隊監事といって、少佐または大尉級の武官が一名づつ任命されているが、分隊監事は殆《ほとん》ど日常の生活には口を出さないで、専《もっぱ》ら上級生が下級生の生活指導を行うようになっていた。

それで毎朝九時から午後二時までの学科教育の際には、各学年に分かれる他は、その他の時間はすべて上級生（上級生といっても大抵《たいてい》は第三学年生徒）の指導を受けることになっていた。

校内では疲れたからといって妄《みだ》りに腰を下ろすことも出来ず、さればといって目的もないのに物に寄り掛かったり佇んでいてもいけない。二人そろえば必ず歩調を揃えて歩かねばならず、また、階段を上ったり降りたりする時は駆け足をせねばならなかった。

入校後十日間くらいは準備教育期間といって、上級生はこれらの学校での習慣を丁寧に教えつつ指導してくれたが、その期間を過ぎると遠慮会釈なく大声で怒鳴られた。

田舎でのんびり育った私には余りにも緊張づくめで、朝の起床から夕方の就寝まで、次から次へと日課作業が時間正しく決められていて、それを旨《うま》くこなすのには骨が折れた。しかも決められた時間には一分といえども遅れるようなことは許されない。五分前整列が厳格に守られていた。これは「船乗り精神」、すなわち「シーマンシップ」を、日常生活を通じて身に付けさせる訓練なのであった。

また食事の方は、これも田舎で粗食に慣れていた私には不平はないどころかご馳走の様にさえ思えた。すなわち、朝食は食パン一片に砂糖がついており（バターはなかった）、それにみそ汁。昼食は大抵魚の煮込み（鰯が多かった）、それに麦飯、夕食は肉と野菜の煮込みと麦飯というような按配《あんばい》であった。兵学校生活は運動が激しく、従って腹も空いたがそれを補うのに十分な食事のようであった。私は出される食事に大体満足していたが、これに不平を言う生徒も多かった。それら〝不平分子〟の多くは東京等、都会生まれの人が多かった。

学科の方は午前三時間、午後二時間（土曜日は午後体育）であったが、兵学校の生活は体力を使う機会が多いのに毎朝体操があり、また、午後の学科終了後に体育があった。

学科目の予習復習としては朝一時間、夕食後二時間の自習時間があったが、昼の疲れなどで睡魔に襲われ勉強どころではなかった。それで、体力的にも気力的にも兵学校の生活に十分耐え得る人のみが学業の優者になれるのであり、必ずしも中学校での優等生が、兵学校での優等生ではなかった。

こうして毎日毎日張り詰めた生活を送っていたので、一週間が終わって日曜日の来るのが楽しかった。日曜日にはとにかく校門を出て自由の身となれるのである。しかし江田島は貧しい田舎町で、見る所とて何もなかった。学校付近に古鷹山（標高三七六メートル）があり、この山に登るか、学校で用意してくれた民家で寝転ぶしかなかった。

兵学校ではそれぞれ約一か月くらい、冬休暇と夏休暇があった。この時は最高の楽しみであって、その時が来るのが待ち遠しかった。

私の分隊の一学年生は多分五名だったと覚えているが、私と一緒に金沢で兵学校の試験を受けた井出武夫君が私と同じ分隊だった。彼の父上は第九師団の輜重《しちょう》兵大隊長の井出熊吾氏であると私に語っていた。入校後間もないある日、彼は私に向かって「今度の日曜日に谷口校長を訪問しようではないか。井出家は谷口家と縁続きである」とも語っていた。それである日彼と二人で臆面もなく校長の官舎を訪れた。

校長は、新入ほやほやの私たちを迎え入れ、諄々《じゅんじゅん》と行く末永い海軍生活について、親しみを持って語られた。その中で、今でも記憶に新しいことは、「これから日記を付けなさい」と言われたことであった。校長閣下は若い時に種々な経過があり、「特に東郷元帥にお供して欧州を旅行し、貴重な体験をしたが残念なことに日記を付けていなかったことが今でも悔やまれる。君達も日記を付けるように」と諄々と諭《さと》されたが、私は日記を付けてみたが長続きせず、その後とんとご無沙汰してしまった。私は、今は谷口校長と同じ嘆きを持つと共に、先輩の忠告には重みがあることが今にして判った。

兵学校生活で思い出となるものは多かったが、中でも棒倒しと総短艇である。これらは大抵土曜日の午後に行われることが多かった。

棒倒しは、全校生徒が東西の二軍に分かれ、各軍はまた攻撃・防御の二軍に分かれて戦うのである。東西両軍の陣地に一本の棒が立てられ、各軍の防御軍はこれが倒されないように守るのであるが、攻撃開始のラッパと共に攻撃軍は相手の陣地に殺到し、それこそ真に肉弾相打つ白兵戦が展開されるのであるが、棒が先に倒れた方の陣地軍の負けとなるのである。

また、総短艇用意の号令もよく掛かった。この号令が掛かると、各分隊員は海岸の岸壁に設けられた各分隊受け持ちのボートダビットの前に整列し、「掛かれ」の号令を待つのである。「掛かれ」の号令と共に、各分隊のボートクリューが予《あらかじ》め乗り組んでいるボートを一斉に海面に降ろし、定められた浮標（ブイ）に示された海面を一周して、また前のボートダビットの下にきて分隊員が力を合わせてボートダビットに吊り上げる。その、早く揚《あが》った分隊が勝ちということになるのである。

この他に思い出となるものは、夏期訓練の終わりの遠泳や、宮島までの十海里の分隊毎の遠漕や、弥山（標高五三八メートル）登山競争がつらかった思い出である。登山競争も分隊競争で、一人の落伍者があっても成績に入らぬのであって、分隊員全員が落伍者をかばいながら頂上を目指すのであるから、ある意味においては残酷な競争であった。

こんな激しい訓練に私は何とかついていくことが出来た。ただし、第二学年の時に、どうした具合かマラリア熱に冒されて時々学校を休み、ついには呉海軍病院に入院して二学期の試験も受けられず心配していたが、十位くらいの成績で卒業することが出来た。

七、卒業、そして内地航海へ

三年間の江田島生活を終わって、大正十五年三月二十七日に、伏見宮博恭王殿下ご臨席のもとに晴れて卒業式を迎えることが出来た。田舎からは父が参列してくれた。

兵学校の卒業式は、これまた一風変わったものである。卒業式が終わると、卒業生一同は少尉候補生に任命され、ただちに各自の寝室に引き返して少尉候補生の正装に着替えるのである。そして卒業生は海岸の表桟橋から汽艇に乗って前日来、江田島に入港停泊中の練習艦「八雲」「出雲」の両艦に乗り組むのである。

在校生は総短艇で、また父兄は小蒸気に乗ってそれぞれ練習艦が江田島を離れて津久茂の島影に没するまで、万歳・万歳で見送るのであった。

私は三十余名の同窓生たちと共に「八雲」乗組の少尉候補生となった。後から機関少尉候補生と主計少尉候補生たちが私たちの艦隊に乗り組んできた。

練習艦隊司令官は山本英輔中将で、私たち「八雲」の艦長は植村茂夫大佐であった。また、「八雲」の候補生指導官は武田盛治中佐、指導官付きは寺崎隆治中尉であった。

瀬戸内の航海は波静かに平穏な航海であった。我々はまだ卒業式の感激も去りやらず、遠くへ去り近くへ現れる島影や、船の周囲を飛び交うカモメに見入って思い思いの感慨にふけっていたが、艦は十二ノットの速力で来島海峡の難所を通過し、やがて下関海峡をも通過して日本海に入った。その頃から風も増し、うねりも始まったので艦はピッチングとローリングを始めた。今まで景気のよい話をしていた同僚たちは急に物静かになり、顔色も青ざめてきた。突然、

海兵54期卒業式風景（大正15年3月27日）

堪《たま》り兼ねた一人の候補生が被っていた帽子を脱ぐと、その中に思い切り嘔吐した。こうやって銘々《めいめい》がそれなりの苦い初航海の味を噛み締めながら、第一回目の寄港地・舞鶴に入港してやれやれというところであった。

舞鶴で、機関学校を卒業した機関少尉候補生たちと、遠く東京から陸行して来た主計少尉候補生たちを「八雲」に受け入れた。

舞鶴在泊中のある日、山本司令官は候補生全員を「八雲」に集めて、候補生たちに訓示をされた。その訓示は長いもので、有益で面白かったが、その要旨を今は断片的にしか覚えていない。とにかく、司令官は勉強家で実務家ではあるが、一面神秘的な面もある提督だとも思った。舞鶴を出港すると、鎮海に行き、そこで満鮮事情の講話や諸施

大正15年度練習艦隊　出雲（上）と八雲（下）

設を見学し、大連では過ぐる日露戦役で我々の先輩たちが苦戦した旅順要塞を見学し、青島に寄港して第一次大戦の跡を偲んで再び本土周辺の諸港を巡航して、阪神方面の工業地帯の見学や、伊勢大神宮の参拝をした。

そして横須賀に入港し京浜地区見学をしたが、その間特に印象深かったのは、拝謁《はいえつ》を賜《たまわ》り賢所《かしこどころ》参拝を仰せ付けられ、振天府《しんてんふ》拝観を差し許されたことであった。即ち、大正十五年六月六日は、練習艦隊の司令官以下全将校及び候補生が宮中に参内《さんだい》し、我々は旧御殿にお出ましになった天皇陛下に五名づつの組で親しく陛下の御前近くまで進出して拝礼申し上げたことは、一生忘れ得ぬ思い出であった。

また、横須賀在泊中、一日石川県富山県出身の候補生が、前田侯爵邸を訪問し、利為侯爵の昼食の招待があった。それら候補生は私の他に室井捨治、亀田正、大森潤一、河村富良夫の4名がいたが、室井、大森の両君は大東亜戦争で戦死、亀田、河村両君は戦後病死したので、昭和五十六年現在、生き残っているのは私だけとなった。感慨無量である。

かくして兵学校卒業後約四か月、その間内地及び植民地の各都市を巡航して視野を広めると共に、少々の荒波には参らぬだけの船乗りらしくなった。そして内地巡航最後の寄港地である横須賀軍港で、遠洋航海に向けての最後の準備を約一か月間行った。

八、遠洋航海…「出雲」乗り組み

①インド洋を経て地中海へ

大正十五（一九二六）年六月三十日午前十一時半、横須賀軍港を遠洋航海に向けて出港した。出港に先立って財部海軍大臣、鈴木軍令部長は、多くの随員を従えて見送りに来られた。また、出港に際しては、在泊艦船は一様に登舷礼式《とうげんれいしき》をもって見送ってくれた。

我々の練習艦隊には「出雲」に伏見宮博仁王殿下が水雷分隊長として、また「八雲」には山階宮荻麿王殿下が候補生として乗り組まれ、我々一同と共に長期の困難な遠洋航海での労苦を共にせられた。

かくて練習艦隊の二艦は、折りからの時雨《しぐれ》に煙《(ママ)》りながら、舳艫《じくろ》相組んで観音崎の灯台を右手

出雲分隊長・伏見宮博義王殿下（右）と八雲乗組・山階宮萩麿王殿下（左）

に見ながら、最初の寄港地・上海へと向かった。

我々の遠洋航海は、アジアの南方海面からインド洋を掠《かす》め、さらにアラビア、アフリカに挟まれた紅海を通り抜けて地中海に入り、その沿岸の欧州、アジア、アフリカ諸国を訪問するのであった。寄港地としては、横須賀、上海、シンガポール、コロンボ、アデン、ポートサイド、イスタンブール、アテネ、ナポリ、スペチア《ママ》、ツーロン、マルセイユ、バルセロナ、ビゼルタ、マルタ、アレキサンドリア、ジブーチ、モンバサ、コロンボ、ジャカルタ、マニラ、そして横須賀に帰るものであった。この間、多数の国を歴訪して興味深いことも沢山《たくさん》あったが、五十有余年の歳月によって、記憶は大方風化してしまったが、思い出すままに書いてみようと思う。

第一の寄港地は上海であった。広大な揚子江の支流・黄浦江を溯上《そじょう》すると大都市・上海がある。大小の船舶が数多く輻輳《ふくそう》し無数のジャンクが往来する。繁華な大都市であるが半裸の苦力がうようよしている。万事に付けて華やかな欧米人が闊歩しているのに比べて、民度の低い彼等に同情を禁じ得ない。

上海を出てシンガポールに近付くと、赤道に近付くにつれて気温が上昇するが、夜は北方の空に北斗星がかすみ、更けると頭上に十字星が現れるのである。

シンガポールを過ぎインド洋に入ると南西風が強くなり、大きなうねりに艦はローリング・ピッチングが甚《はなは》だしくなり、艦首は海面下に突っ込んで浮上し、上甲板には海水は飛瀑の様に迸《ほとばし》る。しかし、この頃になると私たちの慣海性も強くなり、船酔いをする者などはいなくなるのである。

私たちがコロンボに在泊していたある日、日本からの南米移民船「マニラ丸」が入港した。船上には様々な思いを抱いた同胞五百余名がいて、遠く故国を離れた南海の地に、懐かしい日章旗と軍艦旗を見て、彼等は甲板から手を振って離れない。我々も手を振ってこれに応えた。やがて「マニラ丸」から手旗で「故国を離れて遠くへ旅立つに当たっての思い出として、海軍の兵隊さんの軍歌が聞きたいとの乗客一同の願いである」旨申し出てきた。山本司令官はそれに応えて、兵員の軍歌の代わりに今夜「マニラ丸」に軍楽隊を派遣する様指示された。その夜、「マニラ丸」の後甲板には大きなアーク灯が点ぜられ、夜遅くまで軍楽隊の演奏が行われた。これを聞いた彼等の多くは泣いていたそうである。

翌朝早くマニラ丸は出港して艦隊の側を通り抜けた。乗客一同は上甲板に登って君が代を三唱した後、「日本帝国万歳、日本海軍万歳」を連呼しつつ手を振った。軍楽隊は彼等が遠くなるまでロングサインを合唱し、我々乗員は帽子を振って別れを惜しんだ。大和民族の血がそうさせた感激の場面であった。近ごろは小学校においてさえ「国歌を歌わない」、「国旗を掲げない…」などと主張する向きがあるそうだが今昔の感に耐えない。

そして私たちの艦も、移民船出港後一両日してコロンボを出港した。

またしても西南信風《しんぷう》（季節風）の荒れ狂うインド洋であった。わが練習艦隊は、航海の試練をまともに受けて両艦ともに前後左右に大揺れに揺れた。しかし私たちの慣海性も今では相当のものになっていた。それで荒天のために候補生室に閉じこもって寝転ぶ様な弱虫は一人もいなかった。しかし、さしもの強風怒濤も、艦がアフリカ東海岸のソコトラ諸島に差し掛かると小止みになり、ソマリア半島の北方海面に差し掛かると、今までの荒天が嘘の様に凪《な》いで艦の動きも止まったが、その代わりアフリカ大陸より吹いてくる風は、熱気を帯びていて艦内はこの世の地獄かと思うほどに蒸し暑くなってきた。艦の動揺くらいでは衰えなかった食欲も急速に衰えて食欲皆無の状態になった。

アデンを過ぎてスエズ運河に差し掛かるまでの航海航行中の数日間は、桃缶、パイナップル缶など、缶詰の果物で〝生命〟をつないだ。やがて左手に設計図を持ち、右手で運河を指して立っているコロンブスの銅像を眺めながら、運河を越えて地中海に入れば、晩夏の日差しの強い太陽が照り輝いていた。次の寄港地は欧亜大陸の接点・イスタンブールであった。

九月始めのある日、二十一発の国家に対する礼砲の支援、ついで中将旗に対する礼砲交換は、いつもの様に型のごとく終わって、練習艦隊はイスタンブール港に着いた。

ここでは思いがけないほどの熱烈な歓迎を受けた。それにはそれなりの訳がある様だ。それは明治二十三（一八九〇）年にトルコの外交使節が軍艦に乗って日本に派遣された時、その帰途に運悪く暴風雨に遭い、紀州沖で遭難したのであったが、生存者が六十八名いた。これをわが海軍の練習艦隊が乗せてトルコに送り返したのである。このことがトルコ国民に、日本に対する友好的感情を植え付けたのである。

我々が入港すると、早速我々を接待するため海軍士官グループ数十名を送り込んできた。我々のグループ二十名くらいに少尉候補生が一名ついてくれた。そうして毎日宮殿やモスク、博物館など念入りに案内してくれたが、今は記憶が朧《おぼろ》である。

七代サルタンの宮殿に案内された時、ハレムをブロークンイングリッシュで説明したが、説明が要点を衝いていて良く理解出来たことが今でも印象に残っている。

また、一日トルコ海軍は夫妻同伴で我々をバーシの様な大きな船に乗せてボスポラス海峡を

軍艦八雲総員

周遊し、船上でダンスパーティを開いてくれたが、私は踊れないのでつまらぬ思いをしたことを覚えている。

②地中海沿岸の旅、そして帰途へ

アクロポリスの丘の神殿をはじめ、古代西洋文明発祥の廃墟を、西洋史の教科書のとおりだと感心して見てきた。アテネよりナポリ、ローマへと巡礼の旅は続く。ナポリに艦が入港し我々に自由散歩が許されると、井手武夫君は私に「あの火を噴いているビスビオス火山へ徒歩で登ってみないか」と誘いをかけてきた。勿論登山電車やケーブルカーはあったが、我々は短靴のままで頂上の噴火口を目指して登ろう、というのであった。私も冒険心が手伝って彼に賛成した。山腹のブドウ畑の中を通って一直線に噴火口を目指した。

何時間か掛かって頂上に達した時の壮快さは例えようもなかった。また、頂上からのナポリ湾の景色はひとしおだった。

ナポリからはローマまで汽車で行った。バチカン博物館やその他のところを忙しく引き回されて、足を棒にしながらいろいろな名画や彫刻を見物させられたが、この方面の素養に乏しい私には猫に小判同様であった。ローマでは市中行進をして外務省前でムッソリーニに敬意を表したこと、また一日ベスビオスの噴火で土に埋もれていたのを掘り起こしたという、ポンペイの廃墟を見物して興味深かった。そして私たちは軍港都市スペチャを最後に、イタリーを去ってフランスに向かった。

我々はフランス第一の軍港ツーロンを経てマルセーユに着いた。それは多分十月初めのことであった。

私たちはマルセーユから汽車でパリに行き、候補生には、学生達が休暇中で不在のエコールポルテクニックの寄宿舎があてがわれ、そこで例の忙しい見学旅行が始まった。エッフェル塔に登ったり、ルーブル博物館を駆け足する様に有名な絵画や彫刻を見て回ったが、足が棒の様になったことは覚えているけれども、その他の記憶は薄い。また、練習艦隊の全員が有名なオペラハウスにパリ市長から招待された。

「バルセロナ国王御親閲　10月26日」

豪華な舞台で出し物は「ジークフリート」であったが、フランス語の知識皆無の私にとっては退屈この上なかった。

一日ランスに行き、第一次世界大戦の古戦場を見学した。そこには銃剣が未だ土の中から頭を出しており、戦場の跡であることを偲ばせていた。第一次世界大戦の英雄・フォッシュ元帥が我々候補生に対して訓示されたが、その内容は覚えていない。第二次世界大戦で同将軍はドイツ軍に利用されてあの結果に終わったことは気の毒である。

約二週間に及んだフランス各地の見学も終わって、この航海での最遠の地、スペインのバロセロナに向けてマルセーユを出港した。

バロセロナは、コロンブスがスペイン女王の後援でアメリカ大陸発見の途についたところである。バロセロナの市街見物は大した印象も残らなかった。案内者が案内してくれたエスパスルサー工場も何だかうらぶれた感じだった。

バロセロナ滞在中の圧巻は、スペイン国王アルフフォンゾ十三世が練習艦隊を訪問されたことである。「出雲」「八雲」の両艦は朝から満艦飾を行って、いよいよ皇帝がお出ましになると総員が登舷礼でお迎えした。二十一発の皇礼砲の中を皇帝とお供の一行がランチから乗艦された。皇帝は七尺に近い長身、これをお迎えする山本司令官は日本海軍の将軍中で最も背の低い人であったので、その対照は奇異に見えた。

また、一日バロセロナ県会からの招待で、我々候補生一同はモンセラット山に案内された。山は奇峰に富んでいたが山頂までドライブウェイが建設されていた。我々の乗り物は無蓋《むがい》のバスであったが、郊外の街々・村々では、私たちを待ち構えるように人々が蝟集《いしゅう》していた。その中から年若いスペイン娘たちが、列から飛び出してきて我々に握手を求めるというような歓迎ぶりであった。

モンセラット山上は広場になっていて、上から四周《ししゅう》のスペイン平野を一望の下に見渡せる良い眺めであった。そこにはシャンパンが飲み放題という風に並べられていた。酒席に余り縁のなかった候補生たちが、初めてシャンパンを口にしたのであるが、その口当たりは甘くて美味しいので、思わず杯を重ね下山の時はひどく酔っ払う者も出た。

スペインからアフリカの北岸ビビルタを経て、英海軍の地中海根拠地マルタに入港した。そこには第一次世界大戦中、わが遣欧艦隊の殉難者の慰霊碑があるので、艦隊乗員はこれに花輪を捧げた。英国地中海艦隊の旗艦も在泊していた。司令長官・キース海軍大将は、過ぐる大戦でベルギーのオステンド港を強行封鎖した時の指揮官であった。

彼は私たち候補生のために訓示された。その中で彼はオステンド港封鎖作戦は、日露戦争中に日本海軍が行った旅順港封鎖作戦に範をとったものであることを強調されたのが印象的であった。

丸二か月間に亙る地中海沿岸の旅を終えてアレキサンドリアに着いた。ある日、有名なピラミッドやスフィンクスを見学し、馭者《ぎょしゃ》の押し売りに負けてラクダに乗って写真を撮影した。

艦が紅海を南下するに従い、熱気は増していった。そしてアフリカ東岸のヂブーチ、モンバサを経て再びインド洋を横切りコロンボからバタビア（今のジャカルタ）へと旅をした。この間に実に四回も赤道を通過したことになる。赤道通過は船乗りにとっては昔から縁起を担ぐものと見え、赤道通過の都度盛大な赤道祭を行って厄を払い、安全な航海を祈るという風習があった。我々の練習艦隊でも毎度盛大な赤道祭が行われて、その日一日は乗員の慰安日であった。赤道祭の祭神には今までに赤道を通過した回数の多い人が乗員中から選ばれることになっている。赤道祭開始の合図とともに、彼は白装束で大きな赤道門扉《もんぴ》の鍵を携え、青鬼赤鬼をお供に静々とメーンマストの上から降りてくる。そして艦の後甲板に設けられた祭壇のところに来て、艦長に「赤道の鍵」を渡すと、艦長が恭《うやうや》しく受け取って赤道の扉を開く。それから乗員の隠し芸が出て、一日の無礼講が始まる訳である。仮装行列や郷土芸能が次々と出て、一日の艦内慰安が行われるのであった。

練習艦隊がコロンボを出港してバタビアに向かう途中の十二月二十五日、大正天皇崩御の電報に接し、総員艦上に整列してはるか東北の空を臨んで遥拝した。

翌二十六日、新帝御践祚《せんそ》（位につくこと）の世は「昭和」となるとの東京電により、正午に皇礼砲二十一発を放った。

かくて諒闇《りょうあん》中（天子の喪に服すること）にバタビア、マニラを経ていよいよ帰国である。ルソン島の北端をまわると、一直線に横須賀に向けて「出雲」「八雲」の老齢艦もフルスピードで疾走するのであった。そして昭和二年一月十七日に横須賀に入港した。

思えば前年六月三十日に出港して以来八か月の遠洋航海で、欧州、アジア、アフリカの三大陸の要所を回ってきたのであった。その全行程は四万二千キロ余りである。現在は航空便の発達によって、誰でも一、二週間の日程でこれらの地域を巡回することが出来るであろうが、当時のように風浪と闘い、炎暑を冒していろいろな困難苦労を伴った遠洋航海での見聞や体験には、また一段の貴重なものがあったように思われる。

九、軽巡洋艦「球磨」、「阿武隈」乗り組み

横須賀に帰ると、すでに次の転勤先が決まっていて私は軽巡洋艦「球磨」乗り組みであった。私は今一名の候補生と共に、翌日「八雲」を退艦して軍艦「球磨」に赴任した。

「球磨」は六千トンばかりの艦で、第一艦隊第三戦隊（「鬼怒」「球磨」「阿武隈」）に所属していた。司令官は立野徳治郎少将で温顔長身の老紳士であった。当時司令官は年寄りとの感想があったが、今から考えると働き盛りの五十歳くらいであったに違いない。

艦長は大野寛大佐で謹厳な好紳士であった。今までは半人前であったが、第二期候補生は独り立ちで副直将校勤務に当たることになった。先輩の将校たちは皆親切で、よちよち歩きの候補生の当直勤務を助けてくれた。特に砲術長の山下知彦少佐は、指導官として今後における勤務の心得などについて、細かい点まで指導して下さった。

艦隊が青島に巡回中、上海の治安状態が悪くなったため、第三戦隊は上海警備につくことになった。上海に着くと陸戦隊を揚陸《ようりく》することになって、「球磨」からも一個小隊（約四十名）を揚陸し、私はその小隊長を命ぜられた。

初めての指揮官としての任務であった。他に沢山いるガンルーム士官の中から選抜されたのでいささか得意でもあった。私の小隊は上海紡績会社に駐屯して、そこで起居した。そして日

本人小学生の学校通学を毎日護衛するのであった。

私は、上海紡績の事務所の一室の隊長室で退屈な日々を送っていたが、時々工場長が来て雑談したり、黒田重役の家庭に招待されたりした。一、二か月して事態も落ち着いたので艦は呉に向かったが、機関修理のため船渠《せんきょ》入りすることになり、我々候補生は転勤することになって、私は僚艦の「阿武隈」乗り組みとなった。

「阿武隈」に着任すると、同級の室井、高橋の両君がいた。また、そこにはケプガン（キャップ・オブ・ガンルームの略でガンルーム士官の最上級者）として新田新一中尉がいた。彼は大層な頑張り屋で水泳にボートに率先して頑張った。彼は後に飛行将校となり、支那事変の際は渡洋爆撃隊の飛行隊長として勇名を馳せたが、余りにも勇敢過ぎて何度目かの渡洋爆撃の際、爆弾投下後低空に降下してぐるぐる旋回しながら地上に並んでいた敵の飛行機を銃撃していたが、敵の地上放火によってか、敵戦闘機によってか、或いはその双方によってか、ついに撃墜されて僚友搭乗員と共に地上に激突して壮烈な戦死を遂げた。快男児の最後として相応《ふさわ》しい死に方ではあったが、惜しい男を失ったと残念に思う。

私の「阿武隈」での生活は凡々たるものであったが、ある日、連合艦隊が挙《こぞ》って横須賀に入港し、その際に私たちのクラス会が水交社で催された。練習艦隊で分かれて以来のクラス全員のこととて、お互いに一別以来のその後の模様などに話が弾み、ビールの杯を重ねたのであった。私も久し振りの盛会にビールの杯を重ね過ぎ、終《しま》いには前後不覚になってしまった。勿論、最終定期の汽動艇にも乗ることが出来ず、水交社宿泊となった。

室井候補生は、私の看護に当たってくれたが、彼も帰艦出来ず私と共に水交社泊りとなった。翌朝目覚めた時には真夏の太陽がカンカンと窓越しに照っていた。私は船のハンモックではなく、ふくよかな寝台の上だったので、昨夜の光景が走馬灯のように眼前に浮かんでくる。さあ大変、候補生の外泊禁止の掟を私は破ったのだ。それから室井君と共に波止場に行き、何番かの定期便ですごすごと帰艦した。ボートが艦の舷梯《げんてい》に達したので上を見ると、副長以下の士官たちが不届き者を懲《こ》らしめんと舷門で待ち受けていた。

当直士官による私の昨夜の不帰艦理由の尋問が終わると、副長から散々油を絞られた。私はそれ以来、この艦では不良候補生として見られているような気がして、早く転勤したいものだと密かに願っていた。

十、海軍少尉に任官…術科講習員

私の念願がかなって、その年の十二月一日付で海軍少尉に任命され、術科講習員を仰せ付けられた。そして「阿武隈」を退艦し、横須賀の水雷学校に向かった。

海軍の士官教育は一風変わったところがあって面白い。それは術科の詰め込み偏重ではなく、学校教育と実地訓練を巧みに織り交ぜた、所謂《いわゆる》チャンポン教育なのである。

兵学校三年の教育が終わると、練習艦隊に出て遠洋航海で船乗りとしての基礎を築く。それから艦隊に配乗して士官としての勤務の初歩を訓練する。その一環として術科講習員訓練がある。これは志願ではなく全員一様に訓練を受けねばならない。その要領は、水雷学校、砲術学校、通信学校、航空隊で各数週間づつの初歩術科訓練を受けて、一人前の初級士官として艦隊に配乗されるのである。艦隊配乗中も同一艦に長年勤務するようなことがなく、一・二年で転勤しながら巡洋艦、戦艦、駆逐艦、潜水艦など、変わった船の体験をさせる。この艦隊勤務中に大尉に進級すると、各自の発育《ママ》で将来の士官としての専門を選ぶ機会が来る。それは高等科学生の試験に応ずることである。例えば、砲術学校高等科学生の試験に合格して、砲術学校で丸一年の教育を受ければ、卒業後は砲術科士官としての道を歩むことになるのである。

水雷・航空・運用・航海・通信科の士官もこれとほぼ同様である。更に海軍大学校の受験資格は大尉に進級した後、艦隊勤務または航空勤務の実役定年が一か年以上となっている。この海軍大学校に入るのは難しいので普段から勉強をしておかねばならない。これは非常に有益なことなので士官教育の一環として上の方から受験することを奨励される。

この様に海軍士官の教育は合理的で念の入ったものであった。私は術科教育を水雷学校、霞ヶ浦海軍航空隊、砲術学校と受けて、教育が終わると戦艦「扶桑」乗り組みを仰せ付けられた。

霞ヶ浦航空隊の二週間は特に意義深かった。飛行将校たちの豪快闊達さに興味が引かれたことは勿論であるが、飛行そのものも愉快なものであり、特に適性検査に合格し、飛行将校「適」の折り紙を頂いたので、私は将来飛行機乗りを志願する旨申し出た。

あとの諸学校での術科教育で印象に残るものはなかった。少尉で陸上に上がったため、航海加俸・食料手当などがなくなったので、少尉の七十円の俸給だけでは「貧」の体験を初めて味わうことになった。時間を持て余していると、友人が尺八を習い始めたので私もそれに従った。それから尺八は思い出したように度々《たびたび》練習はしたが、ついに上達はしなかった。こうして約六か月の貧しい陸上生活を終わって「扶桑」乗り組みを命ぜられた。軍艦「扶桑」は、当時のわが海軍での主力艦十隻の中の一隻であったが、当時の最新鋭戦艦「長門」「陸奥」に比べて少々古かったので私は些《いささ》か不満であった。

艦長は温厚な市村久雄大佐であって、艦船操舵《そうだ》の達人とでもいうべき人であった。かの三万トン近い大艦を、あたかも小型汽艇でも扱うように軽々と操舵された。それで港に入ると、戦隊の四艦中一番先に繋留ブイに繋留し終わるので、扶桑が最初に上陸整列のラッパが鳴り響くのである。こんなことが艦の兵隊さん達の士気を高めるのであった。

当時「扶桑」は第一戦隊の五番艦であった。第一戦隊は、「長門」「陸奥」「伊勢」「日向」それに「扶桑」の五隻であったように覚えている。艦隊司令長官は加藤寛治大将、参謀長は高橋三吉少将であった。

「扶桑」勤務で我々初級士官の指導官は副砲長の石川信吾少佐であった。彼は頭脳明敏、判断力適切有為の少壮士官であったが、私は物事の考え方、そして判断するのに彼に負うところが大きかったような気がする。

彼はその後軍務局第二課長となって、今度の戦争開始に当たり、大臣補佐役として問題を残した人物となったが、切れる人であったことは確かだ。

「扶桑」勤務一か年ばかりで、年末には第一八潜水隊附となった。第一八潜水隊は、伊号第五三、五四、五五の大型潜水艦三隻で編成されていた。

私は「伊号五四」潜水艦乗り組みとなったが同じ潜水隊に私のクラスメート三名がいて各艦に一名ずつ配乗されていた。「五三号」には井手君、「五四号」には私、「五五号」には藤森君が乗艦していたが、年度の終わりになると三名とも揃って飛行学生を拝命した。現在生き残っているのは私だけである。

私の潜水艦乗り組み一年は、私の海軍生活に大きなプラスであったように思う。私は中尉になりたてであったが、体力には自信があり研究心も旺盛であり、それに潜水艦は人手不足の所だったので思い切って仕事が出来た。それで私は体力に任せて思う存分働いた。

ある日、井手君が私に、「上陸した時に寝転んで休める下宿を探そうではないか」と相談を持ち掛けた。そこで私たちは上陸場に近い所の二階屋の一室を借りて下宿した。

潜水艦は体力に気を使う所なので、午後の課業終了後は、兵科・機関科士官の当直者一名ずつを残して皆上陸するのが例であった。私たちは上陸すると下宿に帰り、夕食と朝食は下宿でとって、昼食は艦の飯を食うことにした。下宿代は十五円か二十円掛かったが、潜水加俸があったので結構裕福であった。

潜水艦生活で思い出されることは、ある時、艦隊演習が行われ、私たちの艦が潜航して襲撃運動中に、突然水上艦に衝突した。それは多分、第一水雷戦隊の旗艦であった一万トン巡洋艦「衣笠」であったと記憶している。

私たちの艦の潜望鏡が「衣笠」に蹴られたので見る見る沈下していく。私は司令塔で深度計を見ていると、二〇〇フィート、三〇〇フィート、四〇〇フィートと段々《だんだん》深く沈下していく。このまま沈下を続ければ潜水艦の耐圧震度を超過して、艦船殻《かんせんこく》は卵の殻のように圧潰《あっかい》（押しつぶされること）され、乗員はそのまま艦と共に海底に沈下していくだろう。艦長は潜望鏡に取りすがったまま「あっ」と悲鳴を上げたのみであった。この時先任将校の堤大尉が咄嗟に「浮上！」「メンタンクブロー！」と、艦長の掛ける号令を矢継ぎ早に発唱した。そのお陰で艦の沈降速度は段々緩くなり、ついに停止して浮上し始めた。

深度計をにらんでいた私は、これで救われたとほっとした。艦長は海大を出たばかりの有能な艦長であったが突然の異変に即応することが出来なかったのである。これは私にとって生涯の大きな、そして有益な教訓となった。

十一、飛行学生拝命

かくて思い出多き潜水艦の一か年は終わり、年末の移動には霞ヶ浦海軍航空隊飛行学生を拝命したのであった。第一八潜水隊乗り組みのクラスメート、井手、藤森の両君も私と同様、将来飛行機乗りとなることに運命付けられた。

こうして昭和四年十二月初頭、我々飛行学生拝命者は、土浦郊外の霞ヶ浦航空隊に参集した。総員十四名で練習艦隊以来の顔合わせである。

車輪付の「アブロ練習機」を練習する所謂陸上班が七名、「下駄履きの水上機」を練習する水上班が七名であった。早速の顔合わせの宴会で誰かが「陸上水上とも七名づつ、ラッキーセブンに通じるので、我々学生の前途は幸運であるに違いない」と言った。そして誰もが「そうだ、そうだ」と気焔《きえん》を上げた。それから五十年後の現在、振り返ってみると当時の陽気な青年達の多くは殉職し、或いは戦死して、生き残ったのは陸上班・井口、田中の二名、水上班は山口と私の二名で、あとの十名は若くして散っていった。

霞ヶ浦航空隊は、飛行機乗り一色の感じで、先輩後輩の思想が強く住み心地が良かった。水上班の教官・山田道行少佐は、その後マーシャル群島で司令官として玉砕された。

毎日毎日霞ヶ浦湖上空で、筑波山を眺めながら飛行訓練を受けたが、三四回目の飛行で累計飛行時間約十八時間が経過する頃、かの山田道行隊長が私の飛行機に同乗されて、テストのあと単独飛行が許可された。天下を取ったような気持ちであった。私の単独飛行は、同僚七名中、中くらいであったと記憶している。

単独飛行後間もなく偵察員訓練が始まった。それは前席員と後席員と交代しながら、前席員は操縦し、後席員は偵察者としての訓練を行うのである。即ち、通信・射撃・爆撃法の訓練を行うのだが、私はモールス符号を初めから十分理解出来ていなかったから、通信は何のことやら判らず、爆撃も訓練用小型爆弾を標的よりはるか「アチラの方」に飛ばしていた。私の相棒は室井中尉であったが、彼は通信も爆撃も「まあまあ」という所であった。

二列目右から二人目が寺井中尉

日常の起居《ききょ》は、水上機班・陸上機班とも混在して阿見原の学生宿舎であった。私の部屋は四名で、一期上のクラスの陸上機班・藤井中尉と鈴木中尉、それに室井中尉と私であった。私と藤井、室井と鈴木が向かい合った机に座っていたように思う。

①血盟団事件の人々

藤井中尉は大変な悲憤慷慨《こうがい》居士であって、いつも天下国家を論じ、世の不公平を慷慨していた。特に弱者に対しては格別の感情があったようである。彼がある時私に語った所によると、彼は九州の炭坑夫の息子で、継母に大変苦労したようだ。それで弱い人、逆境にある人を見ると、無性に腹立たしくなるようであった。彼の下には西田税氏など、陸軍や民間の、所謂〝国士〟が頻繁に出入りし、彼もまた日曜日毎に上京して右翼仲間に出入りしていたようであった。

ある日彼から、「大洗の法華寺の日召という住職が偉物だから行ってみないか？」と誘われたので大洗に行った。そして法華寺に「井上日召」という住職を尋ね、庫裏《くり》（寺の台所）に入ると大勢の先客がいたが、話をするうちに近郷の学校の先生で古内という人が、米などを持ち込んできて食事の用意をしている。酒も出て、話は天下国家のことで水戸は昔から国士を生む所だと感心した。

集まっている人達の中に、佐古屋という人物もいたような気がする。その時はそれで済んだが、後日浜口首相が東京駅で佐古屋という青年に刺され、井上日召と日蓮宗の僧侶の一人一殺主義の仲間であったことを知って驚いた。

先日私は四十年振りに大洗に行き護国寺を訪れたが、昔の面影がそのままであり、堂内には当時の志士たちの写真がところ狭きばかりに掲げてあり、その中に藤井中尉の写真もあって懐かしかった。時代が変わっても、日召師に縁《ゆかり》のある若い住職がいて色々と話をしてくれた。

②館山空時代

昭和四年末、飛行時間二百五十時間で両飛行学生課程を終わって館山航空隊に転勤した。房州は温暖な所で、着任したところ冬でも飛行場に菜の花が咲いているのには驚いた。ここでは初め十四式水偵分隊に勤めたが、後に十五式飛行艇分隊に移った。

実用機練習の初めは危ないといわれる。私も海霧の多い房州海面で霧の中に入り込み飛行機の姿勢が判らなくなったが、野島崎の灯台が視野に入り、危ないところを助かった。館山では、習字の練習を始めたが三日坊主で終わった。また、大石正己が館山の対岸の名護に隠遁中であったから、大石氏禅道会に招かれて座禅を練習したが、その後断続的に続いたので私ながら得るところがあった。

その他の思い出としては、中国海軍の留学生が館山に来ていたが、ある日の夕方、航空隊の青年士官たちが彼等を鏡軒というレストランに招いて飲んだことがある。その後、日華事変・大東亜戦争となって双方の音信が途絶したが、大東亜戦争終結後、彼等の中の一人・姚興中尉が大佐となって賠償物資関係で来日した。

ある時彼と再会して韮山温泉へ二人で出かけたが、まさに奇遇であった。彼は妻子が本土（大陸）に居り、彼は台湾と別れ別れでいるのが淋しいらしく「本土に帰りたい」などと漏らしていたが、今ごろは家族が一緒に暮らしているかもしれない…。

館山航空隊で今一つ思い出となるのは、井手君が殉職したことである。彼とは兵学校に入る前から試験で落ち合い、それ以来の間柄であり、兵学校では入校時私と一緒の九分隊であった。入校の次の日曜日に、彼と共に兵学校長・谷口閣下のところを訪問して色々な心掛けを承《うけたまわ》った仲であった。また、練習艦隊で両人とも「八雲」乗艦となり、蒸し暑い紅海でパイナップルの缶詰に露命《ろめい》をつなぎ、ナポリ入港時には、二人でビスビオス火山の頂上まで徒歩で歩いた仲であった。彼との思い出は多い。館山航空隊でも自習室が隣り合わせだったので、何かと彼との付き合いも多かった。彼はピューリタン的で、酒を好まずクラシック音楽のレコードに趣味があったようで、日曜日も私たち酒友達の仲間には入らず、東京の許婚《いいなづけ》のところに通っていたようだった。

彼は、ある日の射撃訓練で余りにも標的に近付き過ぎたため、これに衝突してついに墜落殉職した。惜しい人物であった。葬儀の時にはかっての兵学校長で、当時軍令部長であった谷口閣下が親戚として参列された。

館山航空隊で約一年間、水上機と飛行艇の実用機を訓練したので、これで表向き一人前の海軍パイロットとなった訳で、これから艦隊勤務がOKとなり、昭和七年一月初旬に戦艦「霧島」乗り組みに補せられた。

十二、軍艦「霧島」時代

「霧島」は、巡洋戦艦であったが、当時第一戦隊に配属されていて、搭載する飛行機は主砲射撃の際の弾着観測機であった。分隊長はこの道のベテラン井上梅二郎大尉であった。彼も大東亜戦争中、山田道行少将の幕僚としてクエゼリン島の戦いで戦死した。

砲術長は船木守衛少佐（「扶桑」時代の私の分隊長）、副長は武田盛治大佐であった。私はガンルームの主席であったが、次席はかの池上巖君であった。ケプガンとしての煩わしい仕事は万事彼が私に代わってやってくれた。

五月十五日に五・一五事件が起こった。首謀者のうち、私のクラスの三上卓、黒岩修の両名がいた。藤井君はある航空部隊で勤務中に上海の戦闘に参加して戦死していた。

これは大変な事が起こったと思っていたが、翌日になると憲兵が一人「霧島」にやってきて、艦長に面会して私に用があるから軍法会議に出頭せよ、と申し込んだ。体《てい》の良い逮捕である。軍法会議に出頭すると検察官は私から色々なことを聞いたが、要は先年大洗の護国寺に、藤井君と一緒に井上日召師を尋ねたことのようであった。

軍法会議に二、三日止どめおかれて調べられたが、五・一五関連の嫌疑がないことが判ったので、釈放され帰艦を許された。帰艦に際して検察官は、「君は井上日召の許へ〝人物試験〟のために連れて行かれたのだが落第したのだ。及第していれば危なかったな」と話した。

後日、私が戦後海上自衛隊に入り、佐世保地方総監を拝命して佐世保に着任し総監邸で一杯飲んだことがあった。その席で山中辰四郎佐世保市長は「私は五・一五事件当時、佐世保の軍法会議の書記をしていたが、これに関連した佐世保基幹の艦船乗組員の某中尉を取り調べたことがあった」と話しだしたが、「その中尉は私であった」とついに言いそびれてしまった。山中市長も当時の悪童中尉が今眼前に、自衛隊の総監となって佐世保に来ているなどと思う筈もなかった。

こんなことがあったので艦では艦長はじめ私を危険人物視する傾向があったので勤務が面白くなく、早く転勤したいと願っていたが、その年末には霞ヶ浦航空隊附・兼教官という命課を貰った。これは素人の学生に操縦術を教える任務であり、霞ヶ浦を出た者は一度はくぐらなければならない関門である。そこでこの事をパイロット仲間では「お礼奉公」と言っていた。

霞ヶ浦、筑波山、阿見原は旧態どおりだが、二年振りだったので霞ヶ浦航空隊の人事は大きく入れ替わっていて、教官も教員も皆新しくなっていた。水上機隊長は和田三郎少佐、練習機分隊長（失念）、実用機分隊長（失念）、飛行長は上野敬三中佐となっていた。

年末休暇となったので久し振りに帰郷した。結婚話が持ち上がり、ある日金沢市内で見合いをし、そして翌年の春に結婚した。相手は私の最初の家内であったが、彼女の父は台湾精糖の社員だったので、台湾に生まれ女学校も台南女学校であった。彼女は倹約家で、まじめな女性であったが、不幸な星の下に生まれ着いていたようだ。戦争中、私と別れて田舎に疎開したがそこで結核に掛かり、終戦後の昭和二十一年七月に亡くなった。

彼女は一男二女をもうけたが、次女は病気のために夭折《ようせつ》した。長男の方は私の後を継いで海上警備隊発足の当初、海上保安大学校に入り、後に海上自衛隊幹部となって、現在自衛艦隊の幕僚として勤務している。

十三、重巡「愛宕」の飛行長時代

一か年の霞ヶ浦での「お礼奉公」が終わると、その年末に巡洋艦「愛宕」乗り組みを命ぜられた。

「愛宕」は、一万トンの大型巡洋艦で、夜戦部隊である第四戦隊に属していた。したがって、飛行機は夜間の偵察・触接を行う事を主任務にしていた。私たちの飛行機は、九〇式水上偵察機で当時は最新鋭の物であった。今まで乗っていた飛行機よりも速力は早かったが、手に入るよう慣熟するのにそんなに時間が掛からなかった。第四戦隊は「鳥海」が旗艦で、飛行長・菊岡徳二郎大尉は霞ヶ浦時代の分隊長であった。二番艦は「愛宕」で、三番艦は「高雄」、飛行長の名前は失念した。四番艦は「摩耶」で飛行長は淵田大尉、彼は後に真珠湾攻撃の指揮官となった。菊岡少佐は、後の三人よりも年が少し離れていたので、残りの三人は何時も一緒に行動し艦隊の寄港地では何時も三人で上陸しては痛飲した。

①山に〝接触〟

逸話も失敗談も多い。あの頃は私の人生のピークであったろうか。

昭和九年の春ごろだったと思う。艦隊は青島に入港していて、出港すると同時に基本演習が始まった。艦隊が青島を出港すると共に私は発艦して任務に就いたが、任務終了次第佐世保に先行するように指令されていた。発艦前の天気図では、佐世保は快晴であり青島付近も晴れでまずまずの飛行日和であった。演習中に雲が段々出てきて、演習終了後佐世保に向かったが、私は佐世保は快晴との先入観があったために雲上を飛行した。

しかし雲量は段々多くなり、雲高も高くなってきた。雲下に出ようかとも思ったが、佐世保付近は雲に切れ間があるだろうと考えて、そのまま雲上を飛行した。眼下はベタ一面の雲海で、雲高も次第に高くなり私は三五〇〇メートル以上を飛ぶことになったが雲に切れ間がない。最《も》早《はや》佐世保付近に来ていると推定されたので、思い切って雲下に出ようと決心したが付近には高い山があるので、雲中でこれに衝突する心配がある。山を避けて思い切ってクリアーな海面まで出ようと決心して、進路二七〇度で一五分間飛んで雲下に出る決心をした。二〇〇〇メートル、一〇〇〇メートルと降下しても雲下に出ない。恐らく雲と海霧とが連続しているのであろう。私は雲下に出たならばそのまま降下して海面に着水するつもりでいた。

その時突然、前方に真っ黒い物が見えたので、思わず右舵を一杯取った。後席の偵察員・池谷栄一二等空曹は、悲鳴に似た声を上げながら私の肩を力一杯殴り付けた。その時着水灯が点灯した。これはワイヤー製の垂下アンテナで、水面と接触すると点灯して、水面がごく近いことを操縦者に知らせる装置であっが、この場合は「水面」ではなく、「山の松の木」に接触したのであった。飛行機は山と山との間のすり鉢のような地形のところを急旋回しつつあったのだ。下方に川が流れているのが見えた。咄嗟に川下の方に舵を取ると海に出た。見れば何だか見覚えのあるところである。私は嬉しくなって飛行機をそのまま海面に着水させて、良く見るとそこは佐世保郊外の相浦海岸ではないか。そこからまた飛び上がり佐世保に帰ったが、同僚達は私たちはてっきり遭難したものと認め、捜索の手配や葬式の準備をしている最中であった。

歓喜した一同と共に、それから料亭に直行して盛大な宴会となったことはいうまでもない。その後私は、私と生死を共にした懐かしい同乗者・池谷二等空曹の消息を尋ねているのだが判らない。彼は大東亜戦争か支那事変で戦死したのかもしれない。生き残っていれば、終戦時には大尉か少佐となっていただろう。

②夜間触接飛行

夜戦訓練の時は、何時も日没後カタパルトで打ち出されて発艦し、演習を終わってから夜遅く、または明け方に帰艦するのを通例とした。帰艦する時は、艦は風を遮《さえぎ》るようにして停止し、風下に探照灯を照射して海面を照らし出すのである。私たちは探照灯の光芒《こうぼう》の方向で風向を知り、また海面と飛行機の間隔を知って、光芒に沿って着水するのであった。これは勿論危険な作業であったが、幸い私は荒天の際でも飛行機を壊さず、無事帰艦することが出来た。艦側に来ると垂下してあるデリックの釣索《つりさく》の下に飛行機を滑走させて、適当な時期にエンジンを止め、行脚《ゆきあし》で釣索の真下まで行って飛行機をデリックの釣索に引懸けるのである。その「コツ」を会得するのに熟練を要するのであるが、私は一度も失敗したことがなかった。長年艦に勤めている人達が、私は上手だと褒めてくれたものである。精神を集中して一心にやれば、大抵のことは旨くいくものだと思った。この頃が私のパイロットとして一番円熟していた時であったように思う。

　しかし、なかなか苦労もあった。特に命の親ともいうべき人工水平器が、カタパルト射出の衝撃で狂って飛行型が水平を示さず、ぐるぐる回りだすことがあった。また、空中で海面の艦船の灯火を星と見間違い、一瞬飛行機の姿勢を勘違いしたこともあった。また、演習が終わると、艦には帰らず、今まで未知の港湾に回航したこともあった。こんな時には、着水照明灯を投下し、その上空を回りながら風向を知り、飛行機の高度を判定して恐る恐る着水したこともあった。

　またある時、南洋諸島のある環礁に帰投を命ぜられたことがあった。その環礁にはあらかじめ警戒船として特務艦を配してあったが、これの探照灯の力が弱くて見えず、環礁は背が低いのでこれも見えず、そのうちに燃料が乏しくなったが、ちょっとした弾みで特務艦の探照灯が見えて無事着水したこともあった。夜間飛行組として私の組の他に飛行士の組が別にもう一組あって、訓練のためにこの組を時々使おうと考えていたが、艦長は飛行前になると「ご苦労だが今日も飛行長が飛んでくれたまえ」と言われるのが例であった。私は宮田艦長の信頼に応えて夜の作業は全部私が飛んだ。

　僚艦の「高雄」では、迫水飛行士の組が佐渡沖の夜戦訓練で殉職した。彼は恩賜組で、優秀な青年将校であったが惜しいことをしたと思う。私は彼の捜索のために艦から分離して佐渡に留まったが、舞鶴に入港中の私の艦に帰る途中、初めて能登半島の上空を通り、私の生家や小学校を空中から眺めて感慨深かった。

「愛宕」乗り組み中、今一つの思い出は、故郷より私の長男が出生するのでどんな名前を付けるかとの照会があったので、士官室で話したところ「愛宕」が良かろう、ということになったので「愛宕と命名せよ」と返事をしたことを覚えている。

年度末になり、艦隊は解散し艦は母港の横須賀に入港した。この時、これで私の厄年も無事に終わった「やれやれ」という気持ちであった。

十四、海軍練習航空隊高等科学生

昭和九年十一月一日付で、海軍練習航空隊高等科学生を仰せ付けられ、横須賀航空隊勤務となった。ここでの勤務は、比較的閑散としていて、私は陸上機の練習をしたが、その他の自由研究の時間が多かった。ここで副長の大西滝治郎大佐や、渡洋爆撃の勇士・新田慎一郎大尉と知り合い、ご自宅にも伺って大いに痛飲した。同期の室井君もここにいた。ここでの一年を終わると、佐伯海軍航空隊に分隊長として着任し、豪傑の相沢達男大尉の後を継いで飛行艇分隊長となった。

佐伯では、分隊長として思う存分働いた。航続距離の短い一五式飛行艇であったが、洋上補給をして場外飛行で航続距離一杯一杯の羅津《ママ》飛行をして、上空からウラジオをちょっと覗くというようなこともした。飛行艇隊単独で、生地に錨泊《びょうはく》の訓練もした。しかし私の一生で最も悲しい苦い体験もした。それは、昭和一一年の戦技で、飛行艇隊が佐伯を発進して南方洋上を飛行して伊勢湾に回航する途中、二番機が伊勢湾口付近は海霧が深く進入出来ず、串本付近の山林の樹木に激突して遭難し、機長の河野中尉、主操縦者の和田一空曹以下、電信員一名、搭乗員二名の計五名の殉職者を出したことで、誠に残念であった。今ごろ彼等のご遺族はどうしていることだろうと気になるが取るべき方途もない。

私はこの年海軍大学校甲種学生の試験に応募した。資格は大尉に昇進後一か年の海上勤務、または航空勤務の経験あるものとなっていて、試験勉強が「ためになる」とて受験を奨励されるので、大抵の人は一度は受験する。ただし、受験回数は三回のみに制限されているので、十分な自信がつくまで見合わせる必要があった。私はそれでも学科試験、東京での口答試験もまずまずの出来であったが、東京の大西大佐から司令宛に合格した旨の内報があった。

佐伯での今一つの思い出は、海が綺麗《きれい》で魚が航空隊近くで簡単に釣れることであった。相沢大尉は魚釣りが好きで、何時も私と一緒に漁師の船で夜釣りをし、カマス、アジ、サバを明け方にはたくさん家に持ち込んでは家内を困らせた。十二月には海軍大学校甲種学生（第三十六期）を命ぜられて佐伯を去った。

十五、海軍大学校甲種学生

東京には落ち着き先がないので、これが見つかるまで家族を田舎に帰して私は単身上京した。そうして毎日落ち着き先を探した。幸い、私は今までに一万円くらいの貯蓄が出来ていたし、妻の父も勧めたので家を一軒買うことにして探し歩いた。奥沢で建築したばかりの家で、庭もあり土地付きで八千円と値段も適当であったから、これを買うことに心に決めて帰る途中に先輩の田口太郎中佐に出会った。彼は「こんなところで何をしておるのか」と聞くので、私は正直に「家を一軒買うつもりで探しています」と答えると、彼は私に「馬鹿なことはするな。海軍士官は色々な場所を転々と働かねばならぬが、その先々で自分の好きな借家を見つければ良い。なまじっか、家を持つとこれに束縛されて好きな借家があっても住むことが出来ない」と言うのである。私は、それもそうかと思い家を買うのは止めにして、月二五円の借家をその付近で見つけて家族を呼んだ。

終戦後奥沢付近に再び行ってみると、私が買おうとした家は戦災も受けずにそのまま残っていた。私は買っておけば良かったと残念に思った。貯金通帳にはインフレで二束三文になった預金が一万円余りそのまま残っていた…。その頃（昭和十三年）は、至る所に色々な借家札がぶら下がっていた良き時代であった。

甲種学生の私たちのクラスは二十四、五名であったように覚えている。兵学校の私たちのクラスと上の二期の、計三期の混合で、五十二期生が一四、五名、五十三期生と私たち五十四期生がそれぞれ五名であった。それで私たちの期が最年少でそれに私は最後任だったので何時も最前列の席に座らせられていた。私たちのクラスの五名は、大石、中山、朝田、室井とそれに私の五名であったが、現在生き残っているのは中山と私の二名のみである。大学校の教科は戦略戦術が主で、それも図上演習と机上演習が主で、後は課題を貰って自宅作業が主で、詰め込み講義のようなものはなかった。自発的に勉強しようとする者には、自宅作業が有効な方法だと思われた。

図上演習では、しばしば航空決戦が艦隊戦闘の本質であるかのような場面が演出されたが、今度の戦争でそれが生かされたかどうかは疑問である。また、机上演習では従来の型通り主力艦同士の砲撃戦が行われるものとしての想定で演習が指導されたが、今度の戦争では一度もそんな場面が出現しなかった。先入観を取り除くことがいかに難しいかという証拠であろう。

①上海事変に参加

こんな勉強が一年ほど続いていた頃上海事変が発生した。わが陸軍は膠州湾から上陸して、上海を陥れ南京に迫ろうとする形勢であった。この千載一遇の好機に、内地で学校などに燻《くすぶ》っている身の不運を嘆いた。戦争が終わらぬうちに戦地に出たいという学生達の悲願が聞き届けられて、学生在籍のまま戦地に赴任する処置が取られた。

私は昭和一三年一月四日付けで、臨時鹿屋航空隊附分隊長を拝命した。部隊は渡洋爆撃で戦功を樹てた部隊で、今は上海に駐屯していた。私は身の回りのものを鞄に詰めて、長崎から連絡船で上海に渡り、上海郊外の戊基地に着任した。

士官室には、大杉大尉、檜貝大尉などなど渡洋爆撃の生き残りの勇士達が沢山いた。司令は航空界の元老・酒巻大佐、飛行長は有名な得猪少佐であった。得猪少佐は海軍での名士で定評があり、彼の奇行の数々が人口に膾炙《かいしゅ》(広く世人に好まれ、話題に上って知れ渡ること)されていた。私は得猪少佐には面識がなかったが、厳《いか》つい風貌の人であろうと想像していた。ところが会ってみると瀟洒《しょうしゃ》(あか抜けてすっきりとした)たる紳士で、身嗜《みだしな》みも良い好感の持てる人であった。彼はその外貌よりもむしろ心持ちのさわやかな人で、一寸も嫌みなところがなく、性格も竹を割ったような快男児であった。朝、士官室に入るなり「皆さんご機嫌いかがですか? 敵さんは今日は天気が悪いのでさぞ安心していることでしょう」などと冗談を言いながら、周囲の人々の気をかき立て、士気を鼓舞することに気を配っていたようであった。

また、下士官兵に対しても親切で思いやりがあり、部下の人達から慕われているようであった。また、士官室には檜貝大尉という眉目秀麗で気の優しい人がいた。檜貝大尉はその風貌に似合わずなかなか勇敢な士官であった。ある時、ある基地に敵機が集中しているとの情報があったので、彼の部隊に攻撃が命ぜられた時のこと、その日はあいにく天候不良だったのだが、彼は雲上飛行でその基地に近付き、敵の上空に来ると雲下に舞い降りて奇襲し、大戦果を上げて戍基地に帰投したことがあったが、彼は何等自分の功績を誇らず、淡々とした態度であった。私は後年人事局員となった時、檜貝大尉は支那事変に生き残っていたので、こんな人は貴重だから後進の教育にあたって貰うよう、温存しておく積もりだったところ、ガダルカナル方面の戦況が思わしくなくなってきた時、南東方面艦隊司令長官が直々に「檜貝君をくれ」と人事局長に直談判して戦場に転出することになったが、間もなく壮烈な戦死を遂げた旨の報告があった。彼のためにも、国のためにも惜しい極みであった。

私は鹿屋航空隊約四か月の在勤で、しばしば南京・漢口その他の攻撃行に参加し、敵弾を受けて片肺飛行をやったり、敵基地を単機高高度偵察をやって酸欠症にかかったり、種々得がたい体験を得たが、航空部隊の編成替えで内地に帰還して再び大学校甲種学生に復帰した。得猪中佐との出会いは得がたい思い出なので、次に改めて記録しておこうと思う。

②得猪治郎さんの思い出

得猪さんは、優れたテストパイロットであり、その上優れた人間性の持ち主でもあったので誰からも敬愛された人でした。私も得猪さんの名前は早くから知っていましたが、初めてその謦咳《けいがい》に親しく接するようになったのは、昭和一三年一月のことでありました。

私は、その頃海軍大学校の学生でしたが、同僚達が戦地で華々しく活躍しているのを知る毎に、支那事変は今にも終熄《しゅうそく》するのではないか、という焦燥感にかられ、この千載一遇の好機を内地でしかも学生という身分で過ごすことは如何にも残念であったので、早く戦地に出して頂きたいと上司に嘆願したものでした。それで私たちの切なる願いが聞き届けられたものか、在校のまま戦地勤務を行うことになり、私も臨時鹿屋航空隊附の命課を頂いて、勇躍上海行きの連絡船に乗り、当時鹿屋航空隊が駐屯していた上海戊基地に昭和一三年一月九日に着任しました。

上海時代かと思われる大尉時代の一枚。

当時の鹿屋航空隊には、海軍航空のベテラン格の酒巻宗孝大佐が司令としておられました。そしてその下には、飛行長として得猪治郎少佐、飛行隊長として須田佳三少佐、また分隊長としては馬野光、森永良彦の両少佐、吉岡忠一、檜貝襄治の各大尉など、渡洋爆撃の勇士を交え錚錚《そうそう》たる人物が揃っていました。

得猪少佐遺影（戦死当日の朝。靖国逢拝式のあと）

これらの人達については、色々と懐かしい思い出も多いのですが、とりわけ得猪さんのことについては数々の忘れ得ない思い出が、今も鮮やかに私の記憶に蘇ってくるのであります。得猪さんは、生まれ付きが明朗な人柄であったと思われますが、それにしても隊内の明朗化に積極的に気を配っておられるように見受けられました。

私たちは飛行しない時には、大抵何時も士官室のストーブを囲んで、銘々かってな熱を上げていたのでありますが、得猪さんが士官室に入ってくると、まず彼の方から声を掛け、「お早う、皆さん今日は天気も悪いので敵さんも手足を伸ばしていることでしょう…」などと軽口をたたきながら挨拶するのが常でした。そこで士官室の空気も何時とはなしに和み、彼を中心に四《よ》方《も》山《やま》話に花を咲かせたものでした。その中でも彼のドイツ空軍隊附時代の話は興味あるものでした。しかし私が、彼が得がたい人物であることを思い知らされたのは、私が着任してからそんなに長いことではありませんでした。

ある日、私たちは得猪少佐を総指揮官とした二十七機の九六式陸攻をもって漢口に対する昼間爆撃を行ったことがありました。私も九機編隊の長として得猪さんに従ったのでありますが、爆撃が無事終了した頃、敵の猛烈な地上砲火の弾幕に入り、私の乗機がぐらぐらと揺れたかと思うと、右発動機が弾片を受けて止まってしまいました。さあ大変、帰投進路に入ると私の乗機だけが編隊を離れて落伍する羽目となりました。

電信機をはじめ、めぼしい目方のものは次々と機外に投棄させましたが、それでも飛行機の速力はグンと落ちて、その上飛行高度も下がり気味となりました。我々の編隊はどこか？　と見れば、最早遠く、はるか彼方に霞んで見える有様でした。私は敵の戦闘機が、わが落伍機を見つけて追いかけてくるのではないかと気が気ではなく、ただただそんな事が起こらないように、と神に祈るばかりでした。その時、一機が編隊を離れて私の飛行機に近付き、やがて二番機の位置に占位してガッチリと編隊を組みました。その人は誰か？　と見れば、総指揮官の得猪少佐であったのです。彼は編隊の誘導を二番機に委ねて、部下の安否を見届けようと引き返してきたのでした。もし敵戦闘機に見つかるようなことがあれば、二機ともその餌食となる事は必至でした。私には地獄で仏に会ったような気持ちがして勇気百倍したのでした。そして得猪さんの部下を思う崇高な気持ちに今更ながら感服したのでした。

また、次のような逸話もありました。それはある時、士官室のストーブを囲んだ連中が、例のごとく話に花を咲かせていた時、話題がたまたま味方戦闘機の働きぶりに移ったのでありました。彼等は「戦闘機のパイロット達は、戦闘機の航続力の短い事を理由に作戦が退嬰《たいえい》的となり、中攻隊の援護もろくろく出来ないが、それは戦闘機の連中が臆病風に取り付かれているからではないか」というところまで話が発展していきました。

得猪さんは、黙って皆の話を聞いていましたが、この時突然スックと立ち上がり、大まじめな顔で「諸君の話は良く分かった。そこで今から我々は戦闘機乗りに転換して大いに頑張ろうではないか。もし君達が賛成してくれるなら、私はこれから上司に申し出て実現して貰うつもりだが、私の意見に賛成してくれる人は手を上げて貰いたい」と言いながら、私たちの顔をジロリと覗き込むのでした。

これに対してはさすがの猛者連中も度肝を抜かれたような格好で、今までの談論風発もどこへやら、シーンとして声を出す者もいませんでした。これを見届けると得猪さんは黙って椅子に腰を下ろし、今までの事は忘れたかのように全く別の話題で陽気に話し始めるのでした。一同もまた救われたような気持ちになって再び元のように陽気な話が弾むのでした。私は、得猪さんは私たちに「自分で出来もしない事を他人に要求するものではない」という事を極めて巧妙な間接話法で教えてくれたものと思い、得猪さんはやはり偉いなあ、と私なりに感心したものでした。

ところで今までの話のようですと、得猪さんは人格者で近寄りがたい人のように思われますが、決してそんなことはなく、我々同様に俗っぽいところもあり、稚気《ちき》満々の茶目っ気のある人でもありました。

得猪さんの故郷は越中の氷見でありましたが、私の生まれは山一つ越えた能登の田舎であります。そんな関係もあって、得猪さんには気安くして頂いたものです。

ある時、天気が悪くて飛行不適の日がありました。夜になると私は得猪さんに誘われるままに二人で上海の町に出かけて、ある有名な日本料亭に案内され二階の座敷に上がり込みました。その晩はどうしたことか余り混雑もしていない様子なのに、私たちに対するサービス振りが悪く、お酒のおかわりもなかなか運んで来ないというような始末でした。今から思えばその料亭はもともと金回りのよい在留邦人や、艦隊司令部の人達の行く所で、少佐や大尉という田舎侍の私たちに良いサービスをしてくれる筈はなかったのでした。

だが私たちはそのうち余りの無愛想さに業を煮やし「命を懸けて飛び回る飛行隊の私たちがたまたま来た時くらい、気持ち良く酒を飲ますべきだ」などと勝手な理屈を並べて、将来への戒めのためもあり、「芋を掘って」引き上げようと早速に相談が決まりました。そこで二階座敷の大広間の畳を一枚一枚剥がして、これを階段から階下に投げ落として、やっと留飲を下げて料亭を退散して帰隊し、就寝したのでした。

この騒ぎはたちまち艦隊司令部に知れ、翌日の午後、酒巻司令は艦隊司令部に呼ばれて厳重な注意があった由で、司令も帰隊後得猪さんを呼んで注意があったらしかったのですが、得猪さんはそのことについては一言も私には語りませんでした。私は「芋掘り」の後始末については、私にも同様の責任があると思っていましたが、彼は先任者の故をもって全部責任を一身に負うという風な態度でした。私はここがやはり彼の凡人と異なるところだなあ、と痛感した次第でした。

今一つ、これは得猪さんの戦死の動機ともなった「単機奇襲攻撃」にもつながる重要なことでありますので申し述べたいと思います。それは、支那方面艦隊の情報部から、毎日我々部隊側に送られてくる「特情（特別情報）」のことですが、これは中国機の行動や敵飛行場における所在機数の状況について知らせてくるのです。私どもはこの情報に基づいて航空攻撃を掛けるのですが、実際に現場に行ってみると、大抵はもぬけの殻で、実際に飛行機がいた例は少ないような有様でした。これがまたストーブを囲む連中の話題となって、ある人は「飛行機は初めからいないのではないか？　艦隊司令部の情報はでたらめであろう」とまで極言する人もいれば、またある人は「否、そうではない。特情は正しく、飛行機はいるのだが、なにぶん我々が大編隊で近付くものだから、途中の山々の上に設けられた見張り所が狼煙《のろし》を駅伝的に次々と打ち上げて敵飛行場に通報するので、我々が行き着くまでに敵機は皆逃避するのであろう」と言い張ってなかなか結論が出ないような状況でありました。その時誰かが「敵に気付かれないように単機で高高度を飛行して、敵の飛行場に近寄り、写真偵察をやって敵機がいるかどうかを確かめてみれば良いではないか」と発言した人がありました。それは誰であったかはっきりと記憶していないが、得猪さんであったような気もします。

そこで陸攻一機がこの偵察任務に充当されることになり、整備が行われました。飛行機には燃料を満載し、一切の不急品は取り外されて目方を軽くすると共に、特に速力を少しでも高めるために機体外に突出している爆撃投下装置などは全部取り外されました。そしてこの任務のために私が指揮官に選ばれて、ある日いよいよ出発することになりました。私は上海から漢口に至るまでの敵飛行場で、特情が「敵機あり」と報ずる主な飛行場の写真偵察を行うべく出発しました。飛行高度は敵地上空は概ね五〇〇〇メートルを飛行し、飛行場の上空付近に来た時には更に高度を上げて六〇〇〇メートル以上くらいで一航過しながら、手早く写真を撮影しました。そして目標飛行場全部の撮影を終わって帰途に就いた頃、搭乗員達も気が緩んだためかまず主操縦者が居眠りを始めて操縦が乱れるので、私は副操縦席にいたのですが拳骨で度々彼の目を覚ましてやらねばなりませんでした。

そのうち、偵察者は偵察席の床に腹ばいとなり、嘔吐を始めましたので、機位を尋ねると「判らない」とのことでした。また電信員も気分が悪くて交信出来ぬということでした。私は長時間の高高度飛行で皆が酸欠症になっていることが判りました。私はわが機は揚子江の南方にあることは確かですので、飛行機の高度を下げつつ東方に針路を取り、まず太平洋岸に出たら海岸線を北上しつつ揚子江に出て、基地に帰るという大雑把な航法で、日没頃やっと基地に着くことが出来ました。残燃料は後二〇分とギリギリのところでした。

基地では、帰りが余りにも遅いので、てっきり敵機に食われたのではないかと、出迎えられた司令以下、上官の方々は大変心配された様子でした。

翌日、偵察写真の現像が出来上がってみると、「特情」そのままの敵機が各飛行場にいたので、艦隊司令部の特情は確度が高いことが実証された次第でした。

この時これを見ておられた得猪飛行長は、「単機で奇襲すれば成功の公算が大きいのでは…」と言われました。それに対して私は「今度の場合は高高度からの撮影で成功したが、爆撃を行うことになれば三〇〇〇メートル以下の命中高度迄《まで》下がらねばならないが、その時敵の戦闘機が出てくれれば捕捉されるので危険率が大きい」と申し上げたところ、これには反対されなかったようでした。

三月の終わり頃、航空部隊の編成替えがあって得猪さんを始め多くの戦友達が第一三航空隊に転属されて、そのまま現地に居残った私たちは、鹿屋航空隊と共に四月初め頃内地に帰還し、私は再び海軍大学校に戻ることになりました。そうして、それから暫《しばら》く経ったある日、得猪少佐が単機奇襲攻撃を行い、悲壮な戦死を遂げられたとの報道に接した時、私は「とうとう決行されたなあ」と、ハッと胸に響くものを感じました。

得猪さんは、その着想された「単機奇襲攻撃」を、雲高の高い時は敵戦闘機に捕捉されることが多いので思い止どまれたが、何とかしてその奇襲戦法を生かそうとして研究された結果、もし万一敵戦闘機が飛び上がって陸攻を追従しようとしてきた場合でも、いつでも雲中に入って敵を回避出来るようにと、雲高の低い日を選んで攻撃を行い、あくまでも初心を貫こうとされたのでありましょう。私は得猪さんの着想と初心断行の勇気に対し、今更ながら敬服すると共に、海軍がかかる得難き人物を失ったことを、返す返すも残念に思っている次第であります。

十六、横浜海軍航空隊時代

こうして約二か年に亘る海軍大学校甲種学生（第三六期）生活を終えて、昭和一三年九月一五日付で卒業し、横浜海軍航空隊附の命課を拝命した。級友の多くは艦隊方面に転出したのに、私は横浜海軍航空隊附に転出したことは若干不平であった。

友達も「君には役不足だ」と慰めてくれるものもあったが、命のままにどこへでも赴くのが軍人の本領であると覚悟して、翌日早速「浜空」に着任した。

前から面識のある三木司令の下に着任の挨拶に行くと、三木司令は私を見るなり「君は当隊で何をするように言われてきたのかね」との質問であった。考えてみれば古参大尉では（二か

訓練視察中の久邇宮副長。左端が寺井（上）
前線視察中の久邇宮朝融王殿下。左端が寺井（下）

月後に少佐に進級した）航空隊には隊附の配置はなかった。私は「何も聞いてはおりません」と率直に答えると、その翌日司令は「海軍省人事局で確かめて来よう」とのことであった。それも無理からぬことで、もうすぐ少佐に進級しようという古参大尉を隊令に定められた配置もなく、ぶらぶらさせておくほど海軍には人間に余裕がある筈がなかった。翌日人事局から帰ってきた司令の土産話は、かなりの衝撃を巻き起こした。

それは久邇宮朝融王殿下が当隊の副長として発令される予定で、将来殿下は海軍航空方面でご活躍されることになるが、殿下には航空畑のご勤務は今度が始めてのことゆえ、司令は殿下の教育指導に特に十分の配慮をするように。またそのために寺井大尉を配員したのだから、副長附として十分に活用するように、とのことであった。

士官連中は、これからは悪い冗談も言えず窮屈になったと音を上げていたが、特に私にとっては、少佐の副長附、甲板士官は我慢出来るとしても、行儀の悪い田舎侍の宮仕えは骨身に応えるものであった。

当時の「浜空」は、三木森彦司令の他に三田国雄飛行長、佐藤六郎整備長、芳根広雄通信長、それに青木戒軍医長、伊東芳男主計長という幹部の陣容であった。

飛行隊は九七式大艇三個隊十八機で、田村栄次、福岡秀作、中込由正の三人の隊長がいて、鈴木、高橋、橋爪、池上、清水などのベテランパイロットが揃っていた。海軍当局が朝融王殿下の航空界入り最初の任地として「浜空」を選んだのには確かに理由があったように思われる。勿論東京に近くて便利であったことも理由の一つだが、幹部達の人柄も殿下をお迎えするのにふさわしかったことも事実であった。

元来、暴れん坊の多かった飛行機仲間では、水上機関係の人達はパイロットにしろ、地上員にしろ、常識的でおとなしいことは海軍一般の定評となっていた。特に飛行艇乗りには鷹揚で紳士が多かった。我々は、時々士官室で「俺も人品骨柄宮仕えに適当と人事局では認めてくれているようだ。俺も満更捨てたものではないぞ」などと冗談を言い合っていたが、それはあながち間違いとも言えなかった。間もなく殿下には、副長として御着任になった。私たちが、殿下の将来のために「浜空」で勉強して頂きたいと思っていたことが余りにも多かった。それは隊員の日常訓練のことから、隊内保安や規律維持、隊員の生活環境等についても現実を知って頂き、下情にも精通して頂きたいと願っていた。

殿下は私たちが想像していたよりもお優しくて、素直なお方であって、私たちの申し上げることをそのまま実行されるので恐縮した次第である。

兵食の点検もされたり、就寝後の兵舎の巡検に立ち会われることもしばしばあった。勿論皇族として、隊関係以外の東京での行事に参加されることも多かったので、大変ご多忙な中にも隊務に精励しようとのお気持ちを拝することが出来て、有り難いことだと思った。それで副長附として私が申し上げた隊務関係の事柄については大抵お取り上げになることが多かった。これをそばで見ていた御付武官の岡村於菟彦少佐は「殿下は君との関係は公務と見られるが、私は従者として見ておられるので、私の申し上げたことは、なかなかウンと率直には聞いては貰えない」と私を羨ましがっていた。

ある時、磯子のある料亭で士官室の懇親会が開かれたことがあった。その時には、若い将校たちが順繰りに殿下の御前に座って「お流れ頂戴」と、酒の勢いに任せて平素言わないことも口が滑るといった具合もあって、殿下も大分下情に通じられ、興味深いご様子であった。それでその後時々「宴会はまだか？　いつやるのか？」とご催促されることもあった。そこでお付き武官の岡村少佐は、殿下が芸者遊びに興味をもたれたと噂されては彼の立場がないと、極力

宮様の参加される宴会を敬遠する一幕もあった。（94頁参考資料を参照）

①横浜航空隊の南洋方面行動

昭和一四年五月のある日、「三木司令は寺井少佐を帯同の上、軍令部第一部に出頭するように」と東京から電話が入った。私たちが軍令部に出頭すると、横浜航空隊の南洋方面特殊行動に関する訓令（官房機密第三三一三号訓令）についての説明があった。その要旨は次のようなものであった。

一、横浜航空隊は、七月上旬から約一か月間、九七式大艇六機をもって内南洋方面を行動し、各種訓練を行うと共に、主としてマーシャル群島方面の基地調査を行うこと。

二、この行動を支援するため、衣笠丸（約一万トン）を徴用して横浜航空隊に所属させること。尚、現地において必要な場合、小型艦艇の徴用も考慮し得ること。

三、横須賀防備戦隊（「沖島」他一隻）も同時期同方面を行動するにつき、お互いに協力支援を行うこと。

四、右行動終了後、引き続いて飛行部隊は赤軍部隊として小演習に参加すること。

この訓令を貰ってから行動開始までには一か月余しか準備期間がなかったので、隊内は急に多忙になった。私は、マーシャル群島の基地調査は、漫然と私たちの目で見ただけでは心許無いので、ぜひ具体的で実際的な基地造成計画を作って来たいと思い、司令の了解を得て軍令部、横須賀鎮守府と交渉して土木関係の技師二名、技手数名を測量器具と共に参加して貰うことを交渉し了解を得た。（実際には防備関係者二名も参加した。）

また、我々は、マーシャル群島は海図上でお目にかかった以外は、「酋長の娘」の歌ぐらいしか予備知識がなかった。そこで、早速南洋通いの定期飛行艇便（毎週一回ずつ、横浜空から定期便が出ていた）を利用してパラオに飛び、南洋庁での資料入手に努力した。

その際私は、南洋諸島方面は珊瑚礁で出来ている島なので、野菜などの食料品の戦時補給は大変な難事であると思い、これが解決の一助になればと、その際内地から野菜の種を運んで、これを南洋庁への便あり次第マーシャル群島の各離れ島に運んで蒔いて貰い、我々が現地に行った時、その生育状況を見ようという方法を採った。

また、南洋庁附駐在海軍武官大熊大佐に、出来るだけ早めに横浜空までお出でを願い、南洋事情について隊員達に講話をして貰うように依頼したが、大熊大佐はその後「浜空」で有益な講話をして下さって大変参考になった。

また基地調査には、我々用兵者の観点だけからではなく、実際に諸施設を建設する技術者の考えも取り入れる必要があるので、「横鎮」にお願いして施設関係の兵藤技師以下、技手工員合計七名余りと、それに砲台等の兵装関係員二名も追加されて約一〇名ほどが我々と同行することになった。

六月に入ると、私たちの南洋行動は、官房機密第三三一三号訓令による実験事項として発令され、私はその実験委員を命ぜられた。

また、約一万トン級の商船「衣笠丸」も、飛行艇母船として諸準備が完了し、横浜港に待機していた。また、私たちの依頼によって、離島環礁内に手軽に出入り出来る小回りのきく、二百トン余りの発動機船「エポン丸」も南洋庁が徴用して現地で待機していた。

飛行艇部隊は、七月上旬に横浜空発サイパン経由マーシャル群島ヤルートへ移動し、一足先に基地要員と基地物件を積んで出発した「衣笠丸」と、現地徴用の「エポン丸」とはそこで落ち合い、それから本番の作業が開始された。

②基地調査班の行動

「浜空」隊員と「横鎮」派遣技師団からなる基地調査班は「衣笠丸」を根城として、「衣笠丸」の入れない環礁は「エポン丸」で物件を運び、陸上にテントを張ってそこを根城とし、また、船が入りにくい不便な離れ島は、飛行艇で調査班を運んで調査を終えると日帰りをするなどして、マーシャル群島の環礁は、ヤルート、ミレ、メジュロ、マロエラップ、ウオッゼ、ウートロック、クェゼリン、アイリングラブラフ、エニウェタックなど、ほとんどの環礁を調査した。

私たちのとった基地調査方針は、なるべく主観的に偏しないで、環礁の持っている軍事的諸性能を客観的に捉えて、ここにどの程度の施設が出来るか、それを行うには所用の資材の入手はどうすれば良いかまでを調査することであった。それで一々《いちいち》実施に当たって測量し、滑走路の方向、幅、長さを図示し、割栗石《わりぐりいし》（道路・石垣や建物などの基礎工事、または地盤を固める時などに用いる、余り大きくない割石）はどこのリーフで得られ、木材やセメントの荷揚げはどうするかまでを調査したので、いつでもその図面で基地建設工事に取り掛かれるものであった。

私は本行動終了数か月後に、米国駐在となり開戦をワシントンで迎えることになったが、昭和一七年二月、米国機動部隊がマーシャル群島に来襲した時、彼等が撮ったクェゼリン、ルオットの航空写真が、アメリカの新聞紙上に出ているのを見た時、それは私たちが計画した基地と寸分違わぬものであるのを知って感慨無量であった。

③飛行艇隊の行動

飛行艇隊は「衣笠丸」を母船として環礁の写真偵察など、基地調査班に協力する一方、独自の生地飛行訓練を実施した。特に生地に於ける基地諸作業、外洋上での飛行艇の母船からの燃料補給、夜間飛行などが主な研究訓練項目であった。

ところで、わがマーシャル諸島の南方、約三〇〇マイル位のところに、英国領ギルバート諸島の島々が点在していた。わが方でマーシャル群島に航空基地群を建設する以上は、略略《りゃくりゃく》同様の地理的諸条件を有するギルバート諸島の存在を無視する訳には行かなかった。そこで三木司令の独断で、これら諸島の隠密飛行偵察を行うこととなり、福岡飛行隊長自らこの重任に当たったが、写真撮影は隠密どころか一〇〇〇メートルくらいのところまで近寄って見事な出来栄えとなった。もし地上でこれを観察していたものとすれば、外交上の一悶着が起きるのは必定と三木司令も驚かれ、早速軍令部第一部長宛実情を打電の上、恐縮の意を表された。ところが運良く相手（英国側）は何も気付かなかったらしく、向こうからは音沙汰無しで結局当方の仕掛け得となった。

④行動中のエピソード

ア　野菜作り

マーシャル群島の環礁は、陸地の起伏がほとんどないリーフの破片で出来ていて、地形を利用して施設を掩蔽《えんぺい》することは殆ど不可能で、それに地下貯蔵のために穴を掘るとすぐ海水が湧《ゆう》出《しゅっ》してくる始末であった。それでも鉄材とセメントをふんだんに使えば、耐爆施設を構築することも不可能ではない。しかし、戦時最先端基地となり、激しい敵襲にさらされた場合、輸送船による内地からの補給は途絶えがちになるので、貯蔵品はとも角として、生鮮食料品、特に生野菜の欠乏は戦闘員の体力を減耗させることになるであろう。これが現地において野菜作りが出来ないか？　という問題に関連してくるので、あらかじめ種子を送ってその実験を試みようとしたのであった。我々が現地に着いて実見したところでは、内地からあらかじめ送って蒔かれていた野菜は、カボチャ類の一部がある程度成育していただけで、後はほとんどが失敗であった。これは、種子の発芽直後の弱苗に強烈な日光と猛烈なスコールが浴びせられて枯死する羽目となるからだが、運良く枯死を免《まぬか》れてもバラバラのリーフ砂では菜根の把持《はじ》力が弱く、また肥料の含有力が乏しいので、その後の生育も悪いのであった。

しかし、土人がある離島（アイリンググラフ付近で鳥の糞による燐鉱土質）に蒔いた葉菜類で、一か月くらいで三尺ほどに伸びた見事なものを持ち込んできた時には、この地でも適当な方法を用いれば、野菜の栽培は可能であることが証明された。

それには客土による土質改善と、化学肥料の投与が必要であり、また発芽期の日覆いも必要であると考えられた。この問題の研究は、帝国海軍として真剣に取り組むべきものであったのに、当時は「百姓の真似など…」と冷笑されて不人気であり、当事者の転出後はそのままに放

置されたのであった。(96頁参考資料2を参照)

イ　豚の丸焼き

各離島では、測量の補助員として土人を一〇ないし二〇人位づつ毎日徴用した。前日中に酋長を呼んで供出すべき人員数を申し渡しておくと、翌朝彼等は蕃刀を携えて所定の場所に来るのであった。彼等の仕事は、ポールを立ててポールとポールの間に縄を張り、見通しの悪い場所では蕃刀で樹木を伐採するのである。彼等には、仕事が終わると毎日定められた賃金が支払われていたが、彼等には「金」の有難味は余りなかった。彼等には紙幣よりも「酒」や「煙草」の方が有り難かったようであった。それは多分、ウォッゼ測量の時であったと記憶するが、毎日二〇名宛の供出を行うように酋長に申し渡していたのに、第一日目は二〇名集まったが、二日目には一五名に減り、三日目には七名くらいに減ってしまった。これでは当方の作業の手順も狂うことになったので、私は酋長を呼んで叱ったのであった。

翌日未明に私たちのテントの外で、嚬狂《とんきょう》な悲鳴が聞こえて一同目を覚まされた。外を見ると、昨日の酋長が一匹の仔豚の首に縄を掛けて、嫌がる仔豚を強引に引いて来るではないか。私が酋長に「どうしたのか?」と尋ねると、彼は「昨日のお詫びに仔豚を献上したい」のだという。私は「志は有り難いが、こんなものは貰っても困る」と言うと、「それでは我々が料理するから召し上がってくれ」とのことだったので、その好意を受けることにした。彼は仔豚を水際迄《まで》引いて行き、そこで蕃刀で頸動脈を切って血を洗い流した。暫くすると、血の匂いを嗅ぎ付けて浅瀬まで背びれを出した鮫がやって来たのには驚いた。土人達は、そこに穴を掘り、リーフの砕石を敷いて椰子の実を焼いて作った木炭で覆い、その上に仔豚を乗せ、またその上から木炭と砕石を掛けて砂で包み火を入れた。

それから数時間後に、蒸し焼きになった仔豚を掘り起こしてその肉を裂きながら一同車座になって食べるのであるが、味は淡泊で香ばしく実に旨いものであった。

ウ　南洋の美人

マーシャル土人は、体格は立派だが色はかなり黒い。そして初めのうちは女の美醜がはっきりせず皆一様に見える。でも一か月も経つと、兵隊達は「別嬪が来たぞ！　トテシャンだ！」などと騒ぐようになるから妙なものだ。

私たちがウォッゼの北方にあるウートロック環礁に「エポン丸」で乗り付けた時に、陸上に群がって我々を眺めている土人達の中に一人も女性がいない。誰かが「この島には女がいないのかナアー！」と嘆声を漏らした。上陸して島内を点検してみても、女が一人もいないのには驚いた。

それから二、三日経つと、チラリチラリと女の姿が見え始めた。後で土人達の話したところでは、船が入港するのを見て、取りあえず女子供を離島に緊急避難させたのだそうだ。それは何年か前にこの島に難破した船が漂着した時、上陸した船員達が島の女達に乱暴狼藉の限りを尽くしたことがあったのだそうだが、その嫌な思い出が彼等に蘇ってきたのであろう。でも私たちは善良な人達だと判って島の美人やトテシャン達も安心して我々の前に現れてきて、一同の空気を和やかにしてくれたのであった。

エ　伊勢えびの大盤振る舞い

内南洋は魚類の宝庫だ。私のように釣りの心得も全くない者でも、たやすく大物が釣り上げられる。しかし、毒魚が多いから、釣ってもおいそれとは食べる訳には行かない。その上、厄介なのは同じ魚でも、ある環礁でとれたものは食用に適し、他の環礁で釣れたものは食べられないということもあるらしい。それで魚を食べる場合には必ずその土人に聞いて確かめなければならない。もし彼等が魚を見た時「腕を曲げて首筋に当てて寝る真似」をしたならば、その魚を食べれば「あの世行き」ということを示しているのだ。

ある環礁内の底砂の上に一面にナマコが散っているところがあった。戦前はそのナマコを中国に輸出している業者もいたのだそうだ。私たちはマロエラップ（?）で立派な伊勢えびを見

南洋時代の貴重な写真。傍に立つ現地少年の毅然とした姿が良い！

つけたので、土人に捕まえられるか？と問うと彼は頷いていたが、翌朝ウォシュタップに一杯盛り上げるようにして見事な伊勢えびを運んできた。早速「エポン丸」で料理して貰ったら、味噌煮をこしらえて運んできたので基地調査員達に大盤振る舞いをしたところ、料理の方法にでも問題があったのかどうか、どうも大味で余り評判は良くないようであった。でも伊勢えびだけで満腹するという食事は豪勢であることには変わりはなかった。

⑤忘れ得ぬ人々

横浜航空隊は、上下の和合が出来ていて、和やかな人達の集まりであった。あの頃から四〇年の歳月が流れて、私たちの尊敬していた人達、敬愛していた同僚後輩達の多くは、戦没したり病没したりして寂しい限りである。

朝融王殿下については既に述べたが、巷間《こうかん》遠くから噂を聞いていた人達の中には、間違った考えを述べる人のあることをまま見聞するが、おそば近くで使えた私には、殿下は禁煙家であり純情で優しい、そして上品な紳士という印象が強かった。

飛行長・三田中佐は、豪放磊落に見えるがなかなか緻密なところもあり、思いやりもあって部下からも慕われていた。

青木軍医長も、伊東主計長も極《ご》くおとなしい肌触りのよい紳士であった。青木軍医長の方は、南洋行動では男達ばかりの長い生活は気が荒くなり、衛生上も悪いということで、彼自ら「珍本」を仕入れてきてこれを出版して配付するなどの労を厭わなかった人である。福岡少佐は、学習院出のお坊ちゃんらしい人で、物事に拘泥《こうでい》せず、そのために数々の逸話を残していた。中尉の時、追い風着陸して大ジャンプをし、上官から叱られると、「でも吹き流しの流れる方向に着水しました」と報告して再び大目玉を食った。ギルバートの強行偵察（前出）も、彼一流の無頓着振りを発揮したその一例であった。

三木森彦司令は、わが海軍航空パイオニアの一人であるが、この人は少佐時代から頭が真っ白で、「三木老人」の渾名《あだな》がついていた。竹を割ったような性格で思ったことはズバズバ言ってのける人だったが、人情に厚く涙脆いところがあった。

中込少佐は物事に熱中する人で、議論となると大抵の人は彼の「ネチコサ」に閉口して退散するのであった。彼は飛行船出身で、一度話が飛行船のことになると相手構わず議論に熱中し、時の過ぎることをも忘れていた。飛行船リバイバル時代の今日、彼が存命していれば恐らくは彼も一役買っていたことであろう。

橋爪寿雄大尉は、スマートな青年士官であった。彼は飛行士であったが、南洋行動の計画も彼が引き受けてくれて私を助けてくれた。「橋爪は良い男だね」と殿下が言われていたのを何回か私も聞いていた。私が米国から帰った時、彼がミッドウェイ偵察に出たまま帰らなかったと聞いて心から残念に思った。

清水大尉は、温厚な人柄で誰からも好かれていた。その当時新家庭をもって心から楽しそうであったが、同僚達は半ば焼き餅で彼をからかっていたのが、今もなお私の目にありありと浮かんでくる。

これらの懐かしい人達の思い出は今も鮮やかに私の脳裏に焼き付いてはいるが、既に不帰の旅路についていることの人達を、再び我らの「浜空」会の集まりに呼び返すことが出来ないのは心から残念である。

【参考資料】

「海軍飛行艇の戦記と記録」（横浜海軍航空隊・浜空会編…昭和五十一年発行・非売品）に、

田村栄次飛行隊長の手記が出ている。その中に、この部分と関連する部分があるので、引用しておきたい。

《『浜空うら話』

久邇宮副長の思い出　　長谷川栄次（旧姓田村）

今でこそ久邇さんとお呼び出来るが、あの当時は久邇宮殿下、いや殿下というよりも副長と呼んだ方が分かり易かった。飛行艇の思い出話は別に書くとして、浜空裏話として当時の副長を偲ぶのも、別な意味で浜空物語となろう。その久邇さんも既にお亡くなりになっているだけに尚更当時が懐かしい。

久邇さんが浜空副長として着任されたのは昭和十三年の暮、私も同時期に空廠勤務から着任した。隊内では皇族が副長として来られるというので大騒ぎ、副長といえば一家の女房役、隊内務から人事、全般、何から何まで隊内勤務は知っていなければならぬ。しかもその反面殿下は、航空隊勤務はこれが始めての事とて、飛行艇の用法から、構造その他一応の事を研究されねばならぬ。従って当時大学を出たばかりの寺井大尉が補佐役として特に隊附となって着任した。副長は余りにも仕事が多かった為、最初は東京から通勤されていたが、約二か月後には、隊の近くの富岡に仮邸を設けられ、ここから通勤される熱心さであった。

隊務、陸上の事は御付武官と寺井大尉が補佐したが空中の事になると飛行長、飛行隊長が責任を持って補佐申し上げねばならぬ。飛行長も忙しい時にはその尻が第一飛行隊長の私に回って来る。空中観念を体得するには飛行艇が最適（その意味で浜空に転任すべく人事局も考えたのであろう）初心者がチョコチョコ操縦桿を握るにはこんな適当な機は他に無い。副長も暇を作っては空中観念の養成、空中での基本操縦訓練、または地形偵察等々の名目で搭乗を希望される。

しかし当時は皇族のご身分である為、司令からは「もし副長が搭乗される場合は、飛行長か隊長が同乗してくれ」との内命があった。

寺井大尉は地上での補佐役。時々御付武官や寺井大尉にも相談無く指揮所に来られて突然搭乗を申し出られる事もあった。……》

【参考資料二】

《遺稿には「追加」として、ア　進駐軍の実験。イ　田村氏の述懐、という書き込みがあるが、残念ながら文章は見当たらない。

寺井は昭和一七年夏に帰国後、海軍省に勤務する。やがて戦局が我に不利になり始め、南洋諸島の補給が困難になり現地部隊が自活を余儀なくされそうになって漸く中央は慌て始める。

その時寺井が当時の南洋諸島の調査記録のことを思い出して調べたところ、農学校出身という異色の「海軍士官」の発案になるこの貴重な「百姓実験記録」はそのまま金庫の中に放置されていたという。

「もっと早くからこの計画を実行していたら、食料欠乏でむざむざ貴重な兵達を失うことはなかった筈だ」と悔やみ、「当時の軍部はややもすると派手な戦闘ばかりを強調して、それを支えている膨大な補給のことを軽視しがちだったが、米軍は全く逆で補給不可能な戦闘は計画しなかった。精神力は肉体があって始めて成り立つということを当時の軍部には忘れた人が多かった」と語っていた。》

第2章

戦中編

十七、第二次出征…第一連合航空隊参謀時代

①「久光参謀」のこと

赤軍部隊として南洋方面より参加していたが、演習中止と共に「浜空」に帰隊した。帰隊して一か月足らずの休養で、再び私は戦地に転出することになった。それは昭和一四年十月三日、漢口にあった海軍の航空基地が、ソ連製のSB大型爆撃機編隊によって、白昼高高度から爆撃を受け、その爆弾は飛行指揮所付近に落下したため、相当の死傷者が出た。特に第一連合航空隊では、塚原二四三司令官が片腕切断の重傷、航空参謀・鈴木剛敏少佐は戦死という手痛い被害を被った。そのために「浜空」は、朝融王殿下と私が第一連合航空隊参謀に補せられ、私は鈴木少佐の後任として急遽漢口に赴任することになった。私たちが漢口に着任して見ると、司令官は入院中であって、木更津空司令の有馬正文大佐（フィリッピン方面敵艦隊に体当たりし、特攻攻撃の先駆をされ戦死）が、司令官代理として司令部に来ておられて、司令部内はてんやわんやの状態であった。

参謀は、先任参謀久野修三中佐、石川健逸少佐（通信参謀）、山田武少佐（機関参謀）がいた。私はこれら参謀とは前から昵懇《じっこん》で、特に山田少佐は私と同期で一緒に遠洋航海にも行った間柄で、よそへ来たような気がしなかった。

塚原司令官の症状から見て、指揮官の交替は必至であり、どなたが新司令官として着任されるかが、司令部員一同の重要関心事であった。そのうち、一連空司令官には、同じ漢口基地に駐屯していた第二連合航空隊司令官・桑原虎雄少将に決まり、その後任には航空本部教育部長の大西滝治郎大佐（後、第一航空艦隊司令長官としてフィリッピン方面で特攻作戦を始めた方）であった。宮様の戦地最前線基地でのご勤務は例の少ないことゆえ、司令官の気苦労も大変だが、どなたが司令官になられるかと気を揉んでいた矢先に、桑原さんに白羽の矢が当たったということで、人々は「灯台下暗しとはよく言ったものだ。お隣りに人格識見共に打って付けの人がいて、しかも、この人は若い頃短期間ではあったが、山階官武彦王殿下の御付武官までもされているそうだ。さすがに人事局は細かいところまで配慮するものだ」などと一同感心した次第であった。

桑原司令官が着任されると、早速司令部の再編成に取り掛かられた。

皇族の戦地勤務は、機密保持の必要上「殿下」とは申し上げず、朝融王殿下の場合には、「久光参謀」と申し上げることになった。

司令部の陣容は、従来からの人では先任参謀の久野修三中佐、通信参謀の石川健逸少佐、整備参謀の山田武少佐であったが、これに新しく「久光参謀」と私が加わった。私は航空参謀ということで、任務がはっきりしていたが、「久光参謀」は定員外の張出参謀の格好で、それに久野中佐より先任ということであるから、桑原司令官はこれをどう捌《さば》かれるのかと私どもは少なからず気に病んでいた。これについては、桑原司令官は「久光参謀」を作戦参謀という新しい配置を設けてこれに配せられ、久野参謀には作戦参謀所掌以外のことについては、従来の先任参謀として行ってきた任務を執り行うようにとのことで、航空参謀の私には、主として「久光参謀」を補佐し、「久光参謀」と久野参謀との連絡役を行うように指示があった。

我々平民同士ではこのように一見あいまいに見える任務の割振りではトラブルも起きかねないところであったろうが、そこは桑原司令官の人柄と、俗事に屈託のない雲上のお方とのこととて、司令部内は殊《こと》の外《ほか》和やかで、私どもは愉快な勤務が出来たことが今尚強く印象に残っている。

②桑原、大西両司令官の思い出

私どもが漢口を基地として航空作戦を行っていた、昭和十四年頃の戦局展望では、なかなか複雑でかつ厳しい環境諸条件が控えていた。すなわち、蒋介石政府は、すでに重慶に引っ込んでいて、奥地の戦略要点を固めて戦力を培養しつつ長期持久を図りながら、わが方の疲労消耗を待つという作戦方針を取っていた。

これに対して日本側は、支那大陸に陸軍の大兵力を展開してみたものの、以上のような方針を取っている蒋介石政府に対しては、これを屈伏するための決め手となるものは見当たらず、手詰まり状態であった。それゆえに、戦局転換の淡い希望を、航空兵力を持ってする、大陸奥地の敵の政略要所の爆撃にかけていたようであった。

ところで、海軍の九十六式陸上攻撃機は、行動能力には十分の自信があったが、これを援護する戦闘機の航続距離が短く、奥地の戦略爆撃を行う場合には、陸攻は戦闘機を随伴しないで裸のままで、防空が厳重な敵陣に飛び込まねばならないという弱点があり、事実これを強行した場合には、毎回必ずといってもよいほど敵戦闘機による、わが陸攻の未帰還機が出るという始末であった。それで敵戦闘機からの被害を少なくするためには、どうしても夜間の爆撃を選ぶ必要があった。

しかし、夜間爆撃は、味方の被害は少ないが、目標の確認が困難であり、また戦果の確認も困難であった。その上、夜間爆撃は第三国の権益を誤爆するなどのこともあって「対外的なトラブルを極力避けよう」との方針を取っていた、上級司令部である支那方面艦隊からは、非公式ながら参謀間の連絡で「奥地の爆撃もでき得れば昼間爆撃が好ましい」との要望も出ていた。その矢先に前述のような支那空軍機による漢口爆撃が起こったのだが、その第一回目は十月三日で、その約十日後の十四日に第二回目の爆撃が行われて、そのいずれの場合も白昼強行されたが、わが方にとっては全くの奇襲となり、両回共に人員と飛行機に相当な被害を出したにもかかわらず、何等有効な反撃が出来なかったのであった。これは、支那空軍は見晴らしのよい山頂などに見張り所を設けて、日本軍機を発見次第狼煙を上げて駅伝的に奥地まで伝達するという方法が採られていたので、わが方は奇襲が出来なかったが、わが漢口基地周辺には警戒見張り網が完備していなかったので、このような奇襲攻撃を受けることになった次第であった。

この騒ぎがあってからは、事情に疎い人達からは「支那空軍でさえ昼間攻撃を堂々と仕掛けてくるのに、精強を誇っている帝国海軍の航空部隊が敵の重要基地には昼間攻撃を避けて、夜間攻撃を行わねばならないとはどうしたことか」などとの批判があることが、我々の耳にも入ってきていた。

このような情勢の時に、帝国海軍の生粋のパイロット出身であり、海軍航空界の指導的地位にあった、最も有能な桑原、大西の二人の指揮官が、帝国海軍の花形航空機である陸攻の主力を率いて、対支戦略爆撃の先頭に立たれることになったので、期せずして衆人の注目を集める格好になった。特に大西少将は、かねてから「航空機は海軍作戦の主兵力であり、帝国海軍は大型機千機を整備すべきである」との熱心な論者であったことは、当時の海軍の主だった人達は皆知っていたし、大西少将もまた、今や航空の真価を実戦場において示すべき好機会であると考えておられたはずで、相当の覚悟をもって漢口に着任された様子であった。大西第二連合航空隊司令官は、着任されて間もないある日、「一連空」司令部に来られて桑原司令官に対して極めて重要な提案をされた。それは「一連空と二連空とは、一連空司令官の指揮統制のもとに、連合空襲部隊を編成して作戦を実施してきたが、実際には各司令部ごとに作戦を計画して指導するという具合で、統合作戦の真価が発揮されていない。これからは、桑原一連空司令官は一、二連空統合兵力の統一指揮官となり、私は桑原司令官の参謀長としての役目を行いたい。そして一連空司令部で、二連空をも含めた統合部隊の作戦計画を立てることにして、渾然一体化した統合作戦を実現すべきである」というものであった。

この提案は戦局の実情に適したものであり、桑原司令官も賛成されて、早速実施されることになった。またその当時の大西少将のお考えでは、「陸攻のような大型機では、指揮官先頭の海軍伝統の建て前から、航空隊司令も時には機上で飛行機隊を指揮するのが当然であるが、今までほとんど実行されていない」と不満を漏らされていた。

大西少将は、言われるだけでなく自らも陸攻に搭乗して、支那奥地の上空を飛び回られた。それで私たち参謀も、参謀長のお供をしてしばしば戦況視察を行った。

また当時の計画担当者であった一連空参謀たちの考えでは、敵要地の昼間爆撃には幾多の不利は伴うが、これを全面的に夜間攻撃に切り替えるだけの決め手もなく、上級司令部や周囲の思惑も考慮に入れて「連合空襲部隊の攻撃は、防空厳重な敵要地に対しては、夜間攻撃を建て前とするが、好機には昼間攻撃も行う」というような煮え切らないものであったように記憶している。この様な状況下で、十一月四日、宿敵ＳＢ機の根拠地と目されていた成都に対する昼間攻撃が行われることになった。

この攻撃には、一、二連空の陸攻の全兵力五十四機を、一三空司令の奥田喜久司大佐が率いて、熾烈な敵の防御砲火と戦闘機の反撃を排除しつつ、成都周辺の鳳凰山、温江の両飛行場を爆撃して、多大の戦果を挙げたが、わが方も指揮官奥田大佐の戦死を初めとして、多大の犠牲を払うことになった。

この様な成都爆撃の結果を契機として、飛行隊の人達からは改めて戦闘機で厳重に防御された敵要地に対して、裸の陸攻が昼間強襲を加えることが、果たして得策妥当なるものであるかどうかの問題が提起された。

研究会の席上では、この問題を巡って司令部と部隊側との間に、熱心な議論が交わされた。成都攻撃に参加された、戦闘機パイロット出身で、二連空先任参謀の星一男中佐は、「敵戦闘機が入れ替わり立ち代わりわが陸攻編隊の弱点部を狙って、切替えし攻撃を加えてくるのに対して、わが陸攻編隊の防御砲火はさほど決定的な威力のあるものではない。私はこの戦闘中は、ひたすらに無事に時間が経過してくれることを願うばかりであって、喉がからからに乾いてしまった」と述べられたのが印象的であった。

事実この様な昼間強襲を行えば、今までの例から見ても、ほとんど毎日といってもよいほどわが陸攻は戦闘機に食われて未帰還機を出すばかりであった。しかも、この未帰還機はほとんどが「一番機」か「端末機」であった。そこで、これらの飛行機の搭乗員は、人身御供のような格好で、その配置を決める飛行隊長の心中はつらいものであったと思われる。この様に昼間の戦略爆撃は、戦果と被害の差し引き勘定の上からも、また統率上の面からも有利でないことは、我々当事者の間では十分理解できることであったが、さてそれを「部外者」に納得させることは容易ではなかった。

それで私たち参謀としては、航空威力を顕示しようとしてきた従来からの行き掛かりや、私たちの尊敬する両提督の立場などを考えた時には、今までの作戦方針を一擲《いってき》して夜間攻撃に専念するわけには行かなかった。しかしながら、ご本尊の桑原司令官は、この時すでに他人の思惑などには囚われないで攻撃の成果本位に作戦を行うように決心を固めておられた様子であった。それで、参謀の方で昼間攻撃を立てて、大西参謀長の決済を経た上で桑原司令官の裁可を仰いだ時に、これを「否」とされて夜間攻撃に振り替えたことが何度かあった。この指揮官の決定によって、多くの貴重な人命が救われたことであろうと、当時から私たちは感じていたのであった。また大西少将は、性格の強い積極的な方で、どちらかといえば昼間強襲をも辞さない風の提督ではあったが、ご自分の意向とは異なった決定を桑原司令官がされた場合に、いささかのご不満そうな様子もなく、従順にその決定に従われた。私はこの二人の先輩提督たちは、いささかの私心もない、公明正大な方であることを実見して、桑原さんも偉いが大西さんも立派だと、つくづく敬服したのである。
こうして私の支那事変第二次出征後、約四か月が経った。

十八、米国駐在武官補佐官を拝命

北支駐在の数か月は夢のように過ぎて、はや昭和十五年の正月を漢口に迎えることになった。正月は、漢口名物の鴨の鋤焼《すきやき》や、スッポンの吸い物を味わいながら楽しい正月を送った。この頃「久光参謀」は、横須賀の戦艦の艦長に転出され、先任参謀の久野修正中佐は、前田孝成中佐（同県人）と交替された。また、一連空司令官桑原少将は山口多聞少将（ミッドウェイ海戦の勇将）と交替される内報に接していた。

私は一月十日付けで軍令部出仕を命ぜられ、誰言うともなくアメリカ駐在だろうとの噂が立っていた。私の後任は安延多計夫中佐（私より三期上で霞ヶ浦空時代の教官）であった。前田中佐は、着任するや、中央との連絡のため上京することになり、飛行機を出してもらって一緒に内地に帰還した。途中、柱島沖に停泊中の連合艦隊旗艦（その頃は「長門」であったように思う）に立ち寄り、前田中佐と一緒に山本長官に伺候《しこう》した。また、東京で新司令官予定の山口少将のお宅にお伺いしてお目にかかった。私は両提督共に初対面であった。東京では、海軍省人事局に出頭すると、局員から「君は米国大使館附武官補佐官になる予定なので、前任者の配員の都合もあるのでなるべく早く赴任してもらいたい」とのことであった。

私は早速帰郷して家族と面談したが、弟が名残惜しがったのが印象に残った。彼はその時腸結核という不治の病気であったが、その後三か月ほど経った六月六日に病死したのでその時が最後の別れとなった。

弟の葬儀の際、妻に連れ立って帰郷した長女は、腸チブスに罹り、彼女も一週間ほど経って死んだ。また父は、私がアメリカから交換船で横浜に帰り着く四日前の、昭和十七年八月十六日に死亡した。それで私は在米中三人の大切な肉親を失うこととなったのであった。

私は米国へ出発前の慌ただしい日程を終わって、昭和十五年二月十三日に日本郵船の「氷川丸」に乗船して横浜を出港した。横浜では、義父と妻とが寂しく見送ってくれた。

航海は平穏で、氷川丸船長は松戸氏といって温厚な紳士であった。一等船客中には、同郷で東大教授の農学博士や岩井商事の社員二名などが私の食卓を囲んだ。海上はつつがなく二月二十六日にカナダのバンクーバー経由でシアトルに入港した。

①米国旅行…シアトルからワシントンへ

シアトルでまず気付いたことは、赴任旅費をそのまま日本円で持ってきたので、ドルが皆無だったことである。ドルがなくては動くことが出来ない。当時は日本は、円・ドルの交換は厳重な統制下におかれていた。私はシアトルの正金銀行に行き、円をドルに交換してくれないか？　と頼み込んだ。支店長の加藤さんは私の無智に呆れたが、同情して早速本国に電報を打って許可を取ってくれ、私の円をドルに交換してくれた。私はそれでロサンゼルスに立ち寄って、サンフランシスコ経由でワシントン行きの大陸横断鉄道の切符を買った。初めての外国での、しかも汽車旅行であったので多少の不安もあった。

サンフランシスコ行きの夜行列車に乗車し、昼間からの疲れでうとうとと仮眠を取った。何時間寝込んだことであろうか、ふと目覚めて窓の外を見ると、私があらかじめ調べておいた途中の通過駅にない駅を通っているので、これは大変なことをした、汽車を間違えたのではないか？　と落ち着かない素振りをしていたのを見て、隣の座席の紳士が私に「驚く必要はない、これは昨夜の雨で線路が浸水したので私たちの列車は大回りをして別の線路を走っているが、サンフランシスコには間違いなく到着するので心配しないでよい」と親切に教えてくれた。

サンフランシスコには一泊して市内見物をし、翌日サンデイゴー（サンディエゴ）に向かった。そこには大学校時代の同期の立花中佐がいて歓迎してくれ、ロス周辺の海軍施設に案内してくれた。ドライブ中、ある陸軍航空隊の近傍を通過するとB－二四、B－二五が夜間飛行の準備をしていた。彼等の訓練海面は洋上である。彼等の海軍的性格には、我々は注目すべきであると考えさせられた。サンデイゴー付近の見学を終わり、立花氏と別れを告げて再びサンフランシスコ～シカゴ経由でワシントンに向かった。

汽車は、ルーミットという一室を借り切ったので、長い旅も疲れることもなく快適な日々を送った。車中での食事の時、黒人のボーイに「ミルク」を注文したところ、私の言葉が通ぜず、何回も聞き直した揚げ句の果てに「コカコーラ」を持ってきたのにはがっかりした。私の長年の英語勉強の結果は「ミルク」でさえ相手に通じないのかと…。

途中シカゴでの見物で、屠殺場の規模の大きいこと、その合理化された作業に驚いた。グランドキャニオンも見物したが、その印象は余り残っていない。

こうして三月十日午前に、ワシントンのユニオンステーションに着いた。駅頭には、海軍武官補佐官の田口中佐が出迎えに来てくれた。当日は日曜日であり、陸軍記念日でもあったので、大使館員一同はゴルフトーナメントをやっていたので、そこに直行して大使以下皆さんに着任の挨拶をした。

②着任…スターク大将を表敬

明くる日、米海軍省情報部の日本課長に電話して、着任の挨拶のため「明日海軍省に出頭する」旨伝えたところ、折り返し電話があり、「寺井少佐には直接スターク作戦部長が会われるので、明日午前九時までに海軍省に出頭するように」とのことであった。

私は前任者の田口中佐と一緒に定時に海軍省に出頭すると、ただちに作戦部長の部屋に案内された。部屋にはスターク大将と情報部長のアンダーソン少将が我々を待っていた。私が着任の挨拶をすると、スターク大将は私に「あなたは飛行将校として支那作戦に従事したそうだが、感想はどうでしたか?」と質問された。

「わが飛行機は艦船や飛行機や建造物に対しては威力を示すことが出来るが、大地に対しては無力である。それで敵飛行場を攻撃した場合、滑走路に穴をあけ一時使用を封止しても、これを完全に破壊することは出来ない。ゆえに飛行機は大地に対しては効果は無である」と答えると、「それでは飛行機の価値はどんなところにあるか?」と言う。その質問に対し私は「地球は不沈なのでこれを攻撃しても効果は極めて少ないが、海上に浮かび海面下に沈没する艦船に対しては絶大な威力があると思う。恐らく閣下もバトルシップアドミラルと推察申し上げるが、わが国の将星たちは、海上戦闘で威力を発揮するのは戦艦で、航空兵力は補助的兵力にすぎないと思っておられるようで、我々飛行機乗りの意見が無視されることが残念です」との意見を述べると提督は面白そうに笑っておられた。こんなわけでその他の質問も数々あったように思う。田口中佐は「貴公は英語を碌に話せないくせに思い切ったことを言う」と笑っておられた。

後での話だが、少佐級の補佐官に対し、作戦部長が面談することは異例のことである、との話であった。それにしても当時のアメリカ海軍の首脳部は、新兵種「航空兵力」の価値を評価付けるのに熱心であったゆえであろう。

その後分かったことだが、米海軍は、英国に武官補佐官として十名ほどの尉官を出していたが、これは飛行機に乗って実戦に参加していたそうである。私への〝尋問〟も、想定敵国の航空兵力を推定する一方策であったと思われ、当時の米海軍首脳部の真剣さに敬意を表するものである。

それから毎日各国大使館を訪問し、武官に着任の挨拶をして回ったが、アルゼンチン武官・ゴドウェイ大佐を訪問した際、ドイツ戦艦「グラフ・シュペー号」の奮戦の模様などを話し「今晩私のところでパーティをやるから来てくれ」と招待され、初めてパーティなるものに出席した。

会場に行くと、早速ゴドウェイ大佐は私の家内と踊ってくれという。私はダンスが出来ないというと、彼は「君は日支事変で爆撃をしたそうだが、そのつもりでやればよい」と言って聞かないので、思い切って大佐夫人を相手に一曲踊ったのは「まあまあ」何とかなったが、別れ際に夫人のロングドレスの端っこを踏むという失態を演じた。その後、意を決してダンスの先生について個人教授を願ったところ、私のダンスの練習をそばで見ていた語学の先生が「あなたは私の方の英語はなかなか上達しないが、ダンスの方は上達が早い」などと冷やかした。

渡米後間もなく議会図書館に勤務していた坂西志保さんと知り合いになり、その世話で英語の先生を紹介してもらったりなどしてお世話になった。同女史は、男性的で女々しい愚痴をこぼす様なことは絶対なかった。大層な酒豪で、酒を飲むと私がいつも先に参り、同女史の厄介になったものだ。女傑というべき人であろう。私も日が経つにつれて、新聞などの記事をこなすことにも慣れて、生活も落ち着いて平穏な日々を送ることが出来た。

【参考資料】グラフ・シュペー号
《一九三九年八月、ドイツを出港した「ポケット戦艦・シュペー号」は大西洋洋上で「神出鬼没」の交通破壊作戦を開始し連合軍の海上交通に脅威を与えた。このため、四隻の巡洋艦から成る英国艦隊がラプラタ河の河口で掃討戦を行ったが、シュペー号の正確無比な砲撃で英艦隊は大損害を被った。しかし、負傷者の手当てを決心したラングスドルフ艦長は中立国ウルガイのモンテビオ港に一二月一三日に入港したが、交戦国二国と中立国との間の国際法上の問題が生起したためシュペー号は港内で自沈、艦長は拳銃で自決した。この海戦はドイツ海軍の勇気ある行動を示すものとして映画などで紹介されて有名になった》

③米国の航空戦力整備

アメリカ海軍は、その常備機を新聞で公表したことがあったが、その数は約二千四百機で、日本海軍のそれに対して僅かに優勢という程度であった。そのうち、一九四〇年の五月にドイツ空軍が地上部隊と緊密な共同のもとに、難攻不落と思われたマジノ要塞線を突破して怒濤の様にフランス国内に侵入して、英仏連合軍を圧倒して、英軍はダンケルクにおいて撤退を余儀なくさせられるに及び、アメリカ軍当局は近代戦においては、航空兵力が如何に威力を発揮するものであるかを身をもって感じ、航空兵力の拡充に乗り出すことになった。ルーズベルト大統領は、最初アメリカにおける飛行機の生産を、年産五万機とすることを公表したが、間もなくこれを年産七万機とし、ついでこれを十二万五千機とする旨を公表し、飛行機生産施設を拡充したのだが、特に着目すべきは膨大な自動車の生産施設を飛行機生産に当てることになったのである。私たちは、飛行機の生産にも難点はあるが、これに見合うだけの搭乗員の養成には、如何にアメリカが強大でも、これには難点があろうと見ておったのであった。

此に対してアメリカ陸海軍は、ROTC（予備将校訓練団）や、ACTC（飛行士訓練団）など、あらゆる方策を講じて、特に陸軍などは高校卒だけの青年をパイロット要員としたり、また、民間飛行学校を軍のパイロット養成に活用したり、とにかく懸命の努力をした。

後程、野村大使が私に「アメリカの航空軍備拡充をどう思うか？」と質問されたことがあり、私は「飛行機生産のことはともかく、これに見合う搭乗員の養成はどうだろうか？」と疑念を示すと、大使から「アメリカはやるだろう。第一次世界大戦時、アメリカは膨大な駆逐艦建造計画を発表したことがあったが、武官であった私はなんぼアメリカでも、そんな建造は出来ない、と本省に報告したが、実際にそれが実現して私は面目を失したことがある。君も報告には注意したまえ」との忠告があった。

その後アメリカは、フォードその他の自動車産業施設を飛行機生産に動員して、たくさんの飛行機を生産し、B－二四や、B－二九だのから手痛い攻撃を受けたことは日本人が身をもって体験したところであった。

④対日感情の悪化

私がアメリカに赴任した一九四〇年初め頃は、一般アメリカ人の対日感情はそんなに悪くはなかった。勿論、支那好きのアメリカ人は、日支戦争を「強い日本が弱い支那をいじめている」くらいの感情で、時々支那側の情報で、「〇〇の戦闘で日本兵××殺傷」などの新聞記事が出ると、民衆の中の人が私の肩を叩いて「おめでとう」と祝ってくれたことがあった。私は、躯が肥大だったので、支那人やフィリッピン人に間違えられることが多かったからである。(彼等は、日本人は痩せて眼鏡を掛けているとの先入観があった)
そのうち、ドイツ軍がフランスを席巻し、フランス政府が瓦解《がかい》しイギリス陸軍が裸同然でダンケルクから撤退すると、アメリカは今更のごとく危険が身近かに迫っていることを感じ、日増しにドイツ・ヒットラーを憎み始めたのであるが、そのうち日本がドイツと親密になって、日・独・伊三国同盟を締結したので対日感情は急速に悪化した。

その反面、英国の危機に対してはやきもきして、先に米軍用機をそのまま英国に送って世論の物議を醸したが、九月に入るやニューファウンドランド、ギニア、西インド諸島などに八個の海軍基地を英国から租借し、その代償として駆逐艦五〇隻を英国に供与した。それにしても当時のドイツの勢いは大変なもので、我々は今にもドイツ軍が英本国に上陸するであろうことを期待したが、予期に反して上陸が行われず不審に思っていた。

そのうち、駐英武官補佐官の源田少佐が米国経由で任務を終えて帰国した。彼に「英本土上陸がないのはどうしたことか？」と皆で尋ねた。

源田少佐は「英国艦隊が現存する以上、上陸は出来ない」とのことであった。

思うに、恐らくドイツは、英本土上陸などは考えてはいなかったのではなかろうか。それに初めから英国艦隊の存在の威圧があって、そんなことは出来ない、と諦めていたところ、予想外に欧州戦場が簡単に片付いてしまったというところではなかろうか？

英本土上陸を初めから考えていたならば、海峡を渡る多数の小型船艇、陸上兵力の空輸方策、ドイツ空軍を海峡地域に集中して、絶対的制空権を獲得すること、空軍をもってする英国艦の制圧、味方艦隊の有効な活用法などをあらかじめ研究訓練しておいたならば、英本土への上陸

レセプション風景（向こう側左端が寺井）

は夢ではなかったであろう。返す返すもドイツは惜しいことをしたと惜しまざるを得ない。

一九四〇年の六、七月頃、ワシントン大使館で米州外交官会議が催された。未だ堀之内謙介大使の時代で、カナダからも南米からも大・公使が参集して行われた。

その頃は、米国大統領選が行われている時で、民主党はルーズベルトの三選出馬が決まっていた。共和党はウェンデル・ウィンキーが有力であった。これら候補のいずれが日本に友好的であるか、という様なことが論議されていた。その時までは日米戦争が起ころうなどということは誰も想像しなかった。

⑤日米交渉…野村大使の嘆き

一九四〇年一一月二七日、海軍大将・野村吉三郎氏が駐米全権大使に任命された。そして翌年二月一一日、ワシントンに着任した。大使を、ハワイ、サンフランシスコでは米海軍は盛大に出迎えたのに反し、ワシントンのユニオンステーションに到着した時は、米国政府の歓迎は質素極まるものであって、前途の多難を思わせるものであった。

野村大使は、いかなる妥協も日米戦争よりは勝るという堅い信念を有していたので、着任以来日米交渉の成功のために努力された。しかし、米側は九月二七日、日本が日・独・伊三国同盟に調印した後は、日本側は独・伊枢軸側で行動するものと見做《みな》し、頑として日本側の提案を拒み続けた。この間に、米国宣教師の私的日米交渉の提案を土台としハル国務長官や、ルーズベルト大統領との交渉に入ったが、日本軍が仏領インドシナ南部に進駐するなどのことがあってか、米国側の態度は硬化し、野村大使は日本政府と米側との間で非常な苦労をされた。その憂さ晴らしもあったであろう、時々私たち補佐官を連れて郊外のノルマンジーファームなどで夕食をご馳走になった。

ある時、私に大使館員の勤務ぶりが遺憾であるといって次の様なことを話された。

スペイン駐在の須磨大使からの手紙が届いたが、その中で『先電で申し上げたとおり…』の文句があったが、その電報を大使はまだ見ていないので調査したところ、電報はまだ翻訳されずにそのままであったので、さすがに温厚な野村大使も堪り兼ねて館員を集めて『国交緊張期のこの際、館員は一層緊張して勤務に励む様に』と訓示された由である。またある時、「若杉公使は、日本から私が連れてきたのに真剣に働いてくれない。下村海軍少将を補佐官に貰おうかとも思っている」と愚痴をこぼされたこともあった。

野村大使の忍耐強い交渉にもかかわらず、米側のかたくなな態度のため、日米交渉は行き詰まりの状況であった。

十一月二六日のハル国務長官の通牒は、あらゆる軍隊、警察官を含めて支那全土及び仏印から撤兵し、汪政権も満州をも認めないという様な手厳しいものであった。

またすでに日本政府から海外公館宛に「ウインドメッセージ」なるものが届いていた。それには、

①日米関係が危急になった場合………「東の風、雨」
②日英関係が危急になった場合………「西の風、晴れ」
③日ソ関係が危急になった場合………「北の風、曇り」

となっていた。

この風も十二月四日の午後には「東の風、雨」の短波放送が届いた。我々は、一切の秘密書類を焼き、暗号機械の処分に取り掛かっていた。

⑥立花事件

アメリカには我々の様な大使館附武官の他に、造兵（兵器製造）監督官が十数名ニューヨークに駐在していた。その他、ロスアンジェルスには油購入のための駐在員もいた。また、語学

習得のための語学将校が、全米各地の大学に在学していた。私がサンフランシスコでお世話になった立花海軍中佐は、語学将校の一人であって、ロスアンジェルスに駐在し、南加大学に籍をおいていた。

実は南加大学は副次的で、彼に与えられた主目的は、米本土西海岸における艦船の動きや、その他の軍事情報を蒐集《しゅうしゅう》して本国に報告するという任務があった。

一九四一年春頃、彼はワシントンに出頭して近況報告を行うと共に、最近彼のもとにハワイの太平洋艦隊旗艦勤務の司令部附兵曹が訪れ、艦砲射撃成績表を提供して「買ってくれ」と申し出た。彼は今後も司令部の機密に関する文書、例えば艦隊法令なども提供出来るので買ってくれないか、と要請した。彼には女があり、到底俸給だけでは賄えないと訴えた。彼は一見実直そうであるので彼を使って機密を取ることを、海軍武官の了承を求めると共に、若干の機密費を要望した。

六月六日（金）の午後、在ロスアンジェルス駐在の油購買駐在員の大須賀主計中佐より、長距離電話が掛かってきて、立花中佐がＦＢＩに連行され投獄されたことを伝えてきた。善後策を現地で講ずるため、その日の夜行飛行便で私が現地に赴くことになった。

ロスアンジェルスには朝食後着いたので、早速大須賀主計中佐に会ったところ、立花君は引き続き拘禁中で、保釈金は十万ドルということなので「正金」から十万ドルを引き出して準備してある由なので、早速大須賀氏と一緒に刑務所に行き、保釈の手続きを取った。ところが何とかカントかいって暇を取らせるので、そのうちに正午となった。

刑務所側では、今日は土曜日なので正午を過ぎれば役所は休みになるので、手続きは来週の月曜日にしてくれという。仕方なく引き下がらざるを得なかった。これは彼等の常套手段であるそうで、逮捕は金曜日の午後、土曜日はあれこれしているうちに正午、そして逮捕から月曜日まで尋問の時間を十分取るというのである。

我々も仕方なく月曜日の九日に再び刑務所に出頭して保釈の手続きを取ると、すぐ立花中佐は出てきて拘禁中の一切を我々に話した。それによれば、彼は拘禁されてから月曜日の朝まで連続して三〇余時間の尋問を受けたそうである。途中、眠くなればコーヒーを飲ませ、そのコーヒーの中には興奮剤を入れて睡眠を押さえていたらしく、ついに今朝まで一睡もしなかった由である。

彼は初めは頭で考えてつじつまを合わせようと努めたが、そのうち知っていることをそのまま話すより他に方法がなかったそうで、ありのまま、巧《たく》まず全部を自白したのであった。彼のいうところによれば、大学で机を並べ、時々一緒にゴルフをやった同級生と思っていた人物がＦＢＩであったことが、今度の取り調べで始めて分かった。彼の金庫はいつの間にか開けられており、その中にあったメモ類は全部調べられ、彼の居室で訪問客と話したことや、ガールフレンドの家で喋った事の全てがマイクロフィルム等に納められていた。自動車内での会話は調べられていなかった様だが「僕のやったことの全てが先方に知られてしまった様だ」とのことであった。

いずれ裁判となるので弁護士を依頼する必要があるので、カリフォルニア州で著名な弁護士をということで、ハッチンソンという人を探し当てた。彼は私たちの要望を聞いて早速活動を開始した。そのうち、彼がやって来て「立花氏は全くの素人で彼はスパイというほどの人物ではない。全く何も知らない無邪気な青年だ。残念なことに彼は海軍の逆スパイに掛かったのだ。むしろ悪いのは我が海軍だ。しかしこうなった以上、起訴されることは間違いない。起訴されれば陪審員制度である米法廷では、陪審員の多数決で有罪となるのは確実である。なんとなれば陪審員は市井の人から選ばれるので、今日の様に米国市民が日本人に対して悪感情を持っている時代はないからだ。有罪と決まれば何年間か懲役となるのは必至で、裁判に掛かる前に外交交渉によって本件事件を取下げとするのが賢明である。寺井少佐はただちにワシントンに帰りなさい。そうして野村大使に頼んで、本件を取り下げる様にハル国務長官に申し入れる様にしなさい」との忠告があった。それで私は再びワシントンに帰り大使にこの状況を報告した。

野村大使はかって駐在武官も経験しておられることとて、この様な事情はよく承知しておられ、快く引き受けられて、早速スターク作戦部長やハル国務長官に掛け合われて、連邦のアトネージェネラルからカリフォルニアの検事総長宛に、立花事件を取り下げる様命令が行き、ここで一件落着した。立花中佐は折よくロスアンジェルスに入港中の海軍特務船に乗船して帰国した。

⑦平沢氏と五万ドル事件

一九四一年一一月頃になると、日米交渉も暗礁に乗り上げた様な状況になり、日米間には陰《いん》鬱《うつ》な空気が漂っていた。在米外交官も、他国に転出する者が増えつつあった。私ども武官室でも、開戦の場合は南米方面に行って、情報活動を出来るだけ継続する様定められており、私もその心組みでそれとなくスペイン語の練習を始めた様な状況であった。

当時、武官の情報関係用機密費は七、八十万ドルはあったと思う。それで開戦となれば、米側に抑留される事態をも慮《おもんぱか》って、なるべくこれを分散しようということになった。

たまたまニューヨークの副領事の平沢和重二等書記官は南米（アルゼンチンだったと思う）に赴任することになり、十一月末、ニューヨークを船で出発することになった。そこで取りあえず機密費のうち五万ドルを赴任国の海軍武官に託送することとなり、外交文書封筒に封入してニューヨークまで私が出向いて平沢氏に渡した。

平沢氏から、南米は初めてで不案内なので同地関係の地図が欲しいと頼まれていたこともあったので、海軍武官室には適当なものがなかったので有り合わせの米州関係の海図があったのでこれも一緒に手渡した。

平沢氏の乗船がニューヨークを発ってから数日して日米戦争が始まった。平沢氏の船はバミューダに回航され、平沢氏一行は徹底的に取り調べられた。例の五万ドルは外交封筒から取り出して、平沢氏や家族等に分散して所持していたが、これも徹底的に取り調べられて全部没収されてしまった。ところで先に同氏に渡した海図は武官室で使っていたもので、誰かが米海軍の演習をプロットしていたのでこれが彼等の嫌疑の対象となり、平沢氏が五万ドルで日本海軍の依頼を受けて何かサボタージュでも計画していたのではないか？　と執拗《しつよう》に取り調べられたそうである。平沢夫人は船中でお産をするなど、彼はなかなか苦労をしたらしい。我々がワームスプリングのグリーンブライヤホテルに移った後、平沢氏一行もバミューダから我々に合流した。

彼の話によると「託送した金五万ドルは全部没収された上、持参の海図に意味不明な注記があったので、何かサボタージュの計画があったのではないかと厳しく追及された」由である。

数日すると、ＦＢＩのモルガンという人が私を訪れ、海図の記事の由来を執拗に尋ねた。私はもとより知らぬことなので「知らぬ」と答えたが、彼はなかなか止めてくれない。ついに私は外交官特権を持ち出して尋問に応ずるわけにはいかない旨を主張したところ、彼もその後は私に対する尋問を諦めた様であった。

ワシントンの日本大使館公館

終戦後、彼モルガンは、ＦＢＩを辞めて弁護士となり、私を頼って某商社の社長と共に来日して、防衛庁へ売り込みを計ったが成功しなかった。私は一夕、彼のために会食を催したが、彼はあくまで私が当時何かを企んでいた様に思っていた。

⑧開戦前夜と開戦当日の出来事

私は一二月六日（土曜日…現地時間）の夜、大使館の事務室で夜遅くまで書類の整理をしていた。

海軍武官事務室は、大使館事務室の二階端にあって、大使の寝室とは中庭を隔てて向き合っていた。土曜日の夜のこととて、館内に人気はなかった。野村大使はあれやこれやを思い悩んで寝付かれなかったのではなかろうか。その時私の部屋の灯火を求めて、二階廊下伝いに私の部屋に足を運ばれたのであろう。部屋に入るといきなり私に「寺井君、日本は如何《ママ》しようとしているのかね。」と質問を発せられた。

私は即座に「まさかアメリカに戦争を仕掛けることはありますまい。日本軍の南仏印等の進出から、万一アメリカ側から戦端を開く様なことも考慮して、ここ数日来の動きをしているのではないでしょうか」と答えた。これを黙って聞いておられたが、そのまま何も言わずに、また、もと来た道を通って帰って行かれた。

私もその夜はそのまま宿舎に帰って寝たが、翌朝九時頃大使館に来てみると、門は閉ざしたままであり、そこには「アージェント（緊急）」の指定がある電報が数通たまっているが、大使館内には人気がない。私は門を乗り越えて事務室に入ると、まず三階にあった一台のラジオのスイッチを入れてこれに聞き入っていた。私は「今朝は何か起きる」と感じていたからである。

突然ハワイ空襲が報ぜられ、オクラホマが転覆したとか、ウイスコンシンが爆発したとか次々と空襲の状況が入ってくる。そのうち報道管制があったと見え、戦況の報道は中止された。私は二階の事務室に来てみると横山武官が居られ、野村大使は国務省に出かけられたとの話であった。

しかし、大使が日本政府からの最後通諜を国務長官ハルに手交《しゅこう》されたのは、事前三〇分の予定であったのに、実際には真珠湾攻撃後であった。このことは野村大使が終生遺憾に感じておられたところであった様で、戦後にあるパーティで大使にお目にかかった際、突然私に向かって「君が大使館に到着した時、電報が何通くらい溜まっていたのかね」と質問されたことがある。今から思えば日本海軍の習性として、開戦劈頭日本側より攻撃を仕掛ける習性があることは戦史の明示するところであり、これに気付かなかったのは随分迂闊《うかつ》である。もとより真珠湾の奇襲のごときは、日本人は誰も信じなかったことで、我々とて論外ではなかった。それゆえに見事な奇襲が成立したともいえるのであろうが、それにしてはワシントンに横山武官以下三人もの、れっきとした海軍軍人が居りながら真珠湾奇襲に思い当たらなかったとは誠に迂闊で、今でも野村大使に相済まぬと思って後悔しているのである。

【参考資料】鈴木健二著「在外武官物語」から

「一二月二日、ワシントンの大使館は外相東郷から、『電報用暗号書の一部を除いて全部焼却すべし。暗号機械の一台を直ちに破棄すべし』との電信第八六七号を受け取っていたから、戦争の切迫はひとしお感得されていたはずであった。海軍武官補佐官寺井は、『あるとすれば、日曜日だ。七日か、それとも一四日か』とつぶやいた。が、在留邦人の緊張とは裏腹に、大使館の空気は弛緩しきっていた。（中略）一触即発のこの危機に及んでも、駐米日本大使館はすっかりアメリカナイズされた週末ムードにひたっていたのである。

六日午前、大使館は対米覚書を発信する旨の東郷発第九〇一号および取扱いを指示した第九〇四号を受け取っていた。(中略) この前触れ電報を一読すれば、時が時だけに通告本文がいかに重大なものであるかは察知できたはず(中略)である。ところが信じられぬことだが、大使館員のほとんどはその夕、メイフラワー・ホテルで開かれた一等書記官寺崎英成の南米転勤送別会に出払ってしまい、陸軍武官事務所は前日の五日、ワシントンのジョージ・タウン病院で死去した補佐官新庄健吉の葬儀準備に忙殺されていたのである。

覚書本文の第九〇二号一三通は、六日午後、次々と日本大使館に到着した。情報電信課は直ちに暗号文の翻訳に励んだが、いつはてるとも思えぬ長文に辞易する空気が大使館の一部にあった。夕刻、八通ほど翻訳が終ると大使館負はいそいそとお洒落を決め込んで、メイフラワー・ホテルに出掛けてしまった。『明日でいいから片付けて帰宅せよ』との館員の指示で、電信課員も宿直一人を残して引払ってしまった。同夜は暗号解読の仕上げはもちろん、浄書にも何ら至らなかったのである。かくて東郷発第九〇一号の『万全の手配』は完全に裏切られ、大使館員は歓送会の酒に酔いしれていた。後で事の顛末を調べようとした東郷に対し、井口は『あれ(電信関係)は自分の管掌事務に非りし為承知しません』と説明を避けたが、説明しようにも説明できない大失態が同夜繰りひろげられていたのである。

翌七日は快晴だった。海軍武官補佐官寺井は、アパートから一〇分とたたないマサチューセッツ街の大使館に車を走らせていた。ＦＢＩの監視が厳しくなっていたので、陸海軍の両武官事務所は二か月ほど前から大使館内に移動、間借りしていた。『日曜には何かがある』と寺井の胸をさわがせるものがあった。大使館に着いたのは午前九時ごろだった。閉ざされた門柱の呼び鈴のワキにある電信受けには、『至急』の罫線の入った電報が五、六通つっ込んだままになっていた。寺井が呼び鈴を押しても何の応答もなかった。前日、当直の電信課員は早々と寝込んでしまい、七日朝は大使館を抜け出して教会へ行ってしまったのである。

『これだから大使も苦労されるのだ』と寺井は怒りをおぼえつつ、塀を乗り越えて大使館に入り、海軍武官事務所の書記に、『電報がたまっていると大使館員に伝えてやれ』と電話した。直接大使館の書記官に連絡しなかったのは、同居しているとはいえ武官事務所と大使館は別組織だつたからである。

午前九時半すぎ、やっと電信課員が登庁して残る対米覚書の解読を始めた。同午前一一時、『覚書ハ七日午後一時ナルベク国務長官ニ直接手交スルコト』との第九〇七号が解読され、大使館はハチの巣をつっついたような大騒ぎとなった。三書記官も登庁して初めて事の重大さを悟り、あわてて浄書にとりかかったが、『タイピスト等ハ絶対ニ使用セザル様』とあるからなにをしていいやら右往左往。日頃の準備が悪いから、タイプを打てるのは奥村しかいない。その奥村も緊張のあまり指さばきが遅れ、ミス打ちが目立ってそのたびにタイプし直すという有様だった。

野村は秘書煙石学に命じて国務省に電話させ、ハルとの会見を午後一時にセットして身支度した。しかし時計が零時半を回っても浄書されなかったため、野村は会見を一時四五分に延期させた。実際にタイプが終わったのは、午後一時五〇分で、国務省に到着したのは二時五分を回っていた。暫く待たされ、野村と来栖がハルと会見したのは午後二時二〇分、真珠湾では第二波の攻撃が行われていた。もちろんハルの耳には、未確認情報としてこの真珠湾攻撃の第一報が入っていた。》

【参考資料二】「当時の大使館員名簿」

大使　野村吉三郎
大使（出張）　来栖三郎
公使　若杉　要
総領事　森島守人（在ニューヨーク）…後、代議士

参事官　　　井口貞夫（館務統括）
一等書記官　奥村勝蔵（政務）……遅延の責任ありとされた。
同　　　　　松平康東（法規）……遅延の責任ありとされた。
同　　　　　寺崎英成（情報）……転出発令
同　　　　　結城司郎次（出張）
商務書記官　井上豊次
三等書記官　八木正男（総務）…森島総領事の娘婿
理事官　　　星田　弘（会計）
外交官補　　猪名川治郎（電信）
同　　　　　山本良雄（電信）
同　　　　　藤山楢一（情報）
同　　　　　本城文彦（留学）
電信官　　　堀内正名
書記生　　　岡庭庫次郎（広報）
同　　　　　堀　博（電信）
同　　　　　中島嘉寿雄（文書）

同　　　　前田豊実（査証）
通訳生　　煙石学（大使秘書）
副領事　　吉田寿一（電信）
電信書記生　梶原　武
同　　　　川畑塚夫
同　　　　近藤賢一郎
館務補助員　野原　常（文書）
同　　　　栗田日出雄（会計）》
陸軍武官　磯田三郎少将
補佐官　　矢野　連少佐
同　　　　石川秀江少佐
海軍武官　横山一郎大佐
補佐官　　実松　譲中佐
同　　　　寺井義守少佐（筆者）

⑨開戦後の生活

開戦当日は日曜日であったので、大使館員の中には家族を連れて外出中の人もいた様だったが、大使館からの知らせや世間一般の騒ぎやらで、夕方までには大使館員及び家族の殆ど大部分が大使館内に集まって来た。

さあ、それからが大変で、食事のこと、宿泊のことなどで大騒ぎとなった。館外は米国人のやじ馬連中も引き上げ、警察官が構外を警戒していた。その晩は、握り飯の炊き出しなどで混雑したが、翌日からは食料品の搬入が許されたが、一番困ったことが館員らの宿泊の問題であった。

夜は、館内は各室宿泊に当てられ、時節がら風邪を引かない様にと苦労した。洗面や便所も手狭となり困った。私たちは甲板士官よろしくこれらの人々の世話をした。何時までこの混乱した状態が続くことかと心配したが、十二月の末になって利益保護国のスペイン大使館筋から、大使館を離れて他に移るということが知らされた。

それはヴァージニア州のホットスプリングという温泉保養地だった。そして一二月二九日が異動日だと決められた。

私たちは「立つ鳥は跡を濁さず」との例えに悖《もと》らぬ様に、大使館内と構内の清掃を念入りにした。いよいよその日となると、一同はバスに分乗して住み慣れたワシントンを後にしてユニオンステーションで汽車に乗り換えてホットスプリングに向かった。途中、通過する主な橋梁《きょうりょう》の下は、サボタージュに備えて米兵が警戒していた。数時間の汽車旅行で、ホットスプリングの田舎町に到着した。我々の滞在に当てられたのは、ホームステッドという立派なホテルであった。ここは有名な保養地で、そのホテルを米政府が我々の宿舎のために借り切ったのであった。それで我々が到着した時は、まだ一般客も若干は残っていた。それも間もなくいなくなり、ホテルの全施設が我々抑留者のために使用されることとなった。ここでの生活は大使館籠城に比べれば、天国と地獄の差があった。

ホットスプリングの温泉保養地（『真珠湾までの365日』著：実松譲から）

テニスコートもあり、水浴プールもありで、特に良かったことは構内の散歩区域が広かったことであった。新聞記者も外交官並みで彼等は各地から集まって来て、私たちに合流した。新聞も購買が許されていた。

そのうち二月一一日には、シンガポール陥落の報道があり、同胞すべてが喜び合って翌日の紀元節を盛大に祝った。

そのうち米軍機がマーシャル、ギルバート方面のわが基地を爆撃したという記事が出た。その時の空中写真を見ると、空母機がクェゼリン環礁の基地を爆撃した写真が出ていたが、これを見ると先年私ら「浜空」が南洋調査で作成した青写真どおりの基地が完成しているのをみて驚くとともに、私たちの苦労も無駄ではなかったと安心した。

また、ニューヨークタイムズ紙には、二月二二日、わが潜水艦がカリフォルニア州のサンタバーバラ海峡の製油所を砲撃したとの記事が載っていた。この頃は、日本軍が一方的に勝っていた時であり、我々の気も軽かった。私たちはホットスプリングより別のところに移動すると聞かされ、四月三日に同地を出発した。

私たちの新しい抑留先は、ホワイトサファースプリングであった。ホテルの名は、グリンブライヤー・ホテルといって、米国の金持ちが保養に来る豪華なホテルであり、ゴルフコース、温泉プール等、すべて完備していた。私もかってこの地に来たことがあるが、この豪華なホテルを敬遠して二流ホテルに宿泊したことがあった。グリンブライヤーではドイツの外交官たちと一緒であった。彼我の交流は、別に制限されていなかったので、彼等とパーティなどして和やかに過ごした。私は親しかったドイツの海軍武官補佐官リーデル大尉夫妻や、そのアシスタント・ダニエル嬢とも親しく付き合った。リーデル氏夫妻は、戦後日本に来て旧交を暖め、今でも彼と音信している。

ここで、四月二十日頃の新聞で、アメリカ機が東京を空襲したとの記事が出ていた。大統領はこの飛行機は「シャングリラから飛び立った」と発表したが、実際は空母からB－二五を十五機発進したものであった。それの効果は別として、これもわが方にとっては奇襲であって、米国民の士気を高めるには有効な攻撃であった。

昭和17年８月、浅間丸船上の在米陸海軍武官、補佐官。前列左端浜中海軍大佐、右端横山海軍大佐。→が著者、左隣寺井海軍少佐、和智海軍中佐。（『真珠湾までの365日』著：実松譲から）

⑩交換船で帰国の途へ

我々のグリンブライヤー発は、六月十日と決まったが、これより数日前にドイツ外交官たちはグリンブライヤーを出発して本国に帰った。我々は総員で彼等の出発を見送った。日本側の抑留者一行は、ワームスプリングを汽車で発って、ニューヨークに向かい、ハドソン川に浮かんでいた交換船・スエーデンの客船「グリプスホルム号」に乗り込んだ。「グリプスホルム号」は、外交官交換船であることを表示するため、船体を白色に塗り、昼間用として両舷側と甲板の前後にミドリ十字の標識を着けていた。また、夜間識別のためには、両舷の上部構造物の上に電灯で十字のマークを描いていた。勿論、電灯は明々とつけっぱなしのままである。

ニューヨークに滞在中の八日間は、全米各地で抑留されていた日本の商社員、その他の日本人や学生などが集まって来て乗船した。しかし、肝心のハワイ総領事館員は未だ到着しない。大使以下やきもきしていると、六月十八日出港日の午後になって、喜多総領事一行がやって来て、皆拍手してこれを迎えた。

交換船は、その日の夜半にニューヨークを出港した。沿岸警備隊のボートに誘導されて、掃海水道を表示するランプの中を通り抜けて外洋に出た。船の進路は不明だが東南東に向けて南米に向かっていることは確かである。やがて夜が明けると、沿岸哨戒のB－二五やB－一七が爆音を響かせて頭上に飛んで来る。恐らく付近海面下にはドイツのUボートも潜在していることだろう。我々は交換船の特権を信じて一路航海を続ける。

七月二日、ブラジルの首都・リオデジャネイロに入港、翌日在留邦人など三百八十三名が乗船、これで「グリプスホルム号」の引き上げ同胞は一四四八名となった。交換船は無事に交換地・南アのロレンソマルケスに向かっていた。

野村大使の配慮で、万一洋上で火災や、総員退去を要するごとき災害が発生した時でも、全員揃って帰国出来る様、また、船上での我々の生活が〃ふしだら〃になって日本人の品位を疑われることなどない様にと、船上当直勤務を実施することになって、海軍側でその面倒を見ることになった。日本人の青年男子を四直に分けて、当直、副直、伝令などの任務を与え、船の当局と交合して、海上勤務に準じて勤務したが、案外出来栄えは良かった。船は南東航してアフリカ南端に向かうのであったが、航路は赤道以南のこととて寒さがこたえた。七月十四日頃、喜望峰の沖合を通過したが、寒気は強く海は時化《しけ》ていた。

東アフリカのロレンソマルケスの港に係留する「緑十字」の標識をつけた日米交換船グリプスホルム号（左）と浅間丸。昭和17年7月22日ごろ撮影。（『真珠湾までの365日』著：実松譲から）

　この航海中、船上で赤ん坊が生まれた。野村大使は早速「武夫」と命名した。これで総員一四四九名となった。

　七月二十日、ポルトガル領のロレンソマルケスに入港した。当地には、独・伊の領事館もあって、我々はクラブでシャワーを浴びたり、夕方には独・伊合同の歓迎パーティなど催してくれて、七月二十二日に「浅間丸」「コンテベルテ号」が入港し、我々の船の前後に係留した。そして翌二十三日の午前十時から、日米外交官の交替移乗が始まった。

桟橋には目隠しの高い塀が築かれ、その両側を通りながら異なった昇降口から、日米両国の人々がそれぞれの船へ乗下船するのであったが、スムーズに行われた様だった。そしてその夜「グリプスホルム号」は出港していった。

我々は上陸して熱帯動物園などを見学した。見事な熱帯の動物、鳥類などが多数見物出来た。そうして我々は、欧州に赴任する森島総領事以下をここで下船せしめ、シンガポールに向けて出港した。乗客は、「浅間丸」は米国、カナダよりの人々、「コンテベルテ号」は中南米からの引上げ組であった。

船はインド洋のモンスーンを受けて、左右に動揺したが、気候も「厳寒」から「酷暑」に激変した。船はスンダ海峡を通って八月九日に、「昭南」と改名されたシンガポールに入港した。入港後、寺内南方軍司令官が浅間丸に来られ、両大使以下一同の労をねぎらわれた。私たちは戦跡を見学し、皇軍の偉業に感嘆した。

八月十一日、シンガポールを出港し、十九日に千葉県の館山湾に入泊した。「グリプスホルム号」でニューヨークを出港して以来、六四日間の大西洋、インド洋、太平洋の三大海洋を踏破すること二万海里であった。

翌二十日、約三年振りで横浜埠頭に帰着した。沢山の出迎え人の中に妻と義父とがいた。そうして父の死亡や弟や長女の死を知らされたが、とにかく無事に帰国出来たことを喜び合った。

それから取りあえず帰郷して、母や妹達に会った。

十九、軍務に復帰

私の次の作業が待っていたので、帰郷もそこそこに帰京すると、私は横山武官と和智氏と一緒に「赤軍」となり、軍令部一課が「青軍」となって対抗図上演習を実施することになり、私は「赤軍」の状況判断、作戦計画を作ることになった。両軍の対抗兵力は、日米海軍の現況のままという想定である。私たちは勿論日本海軍のその後の状況は知らされぬままであった。

私の状況判断では、米軍は今後パールハーバーで傷ついた艦船を修理するとともに、新造艦艇に力を入れ、特に航空勢力を圧倒的に増大させて、われに消耗戦を仕掛け、まず南方の島嶼《とうしょ》群に飛行機を展開して、逐次に北上し日本本土に近接しながら日本軍を疲労消耗させるとともに、潜水艦をもってわが輸送補給路を遮断し、日本軍を屈伏させる方策を取るだろうというのであった。この計画に対しては大体「青軍」の連中も妥当であると肯定していた。

二週間くらいで、この演習が終わると、私は人事局出仕となり、南方占領地域を飛行機で視察した。巡回した場所は、連合艦隊司令部、ラボール始め、ソロモン諸島の日本軍基地（ショートランド、ブガ、ブイン）、それから蘭領インドシナ地域（ケンダリー、スラバヤなど）であった。各地では、緒戦の大勝の夢が覚めやらず、戦局の今後については楽観的であった。

特に連合艦隊司令部では、山本長官にも伺候したが、長官は中央の戦備、特に飛行機の増産に対して不満を漏らされた。私の級友・室井参謀は、当時ガダルカナルに敵が侵攻して間もない時のこととて、今にもこれを追い落とすとの気構えであって、一般には楽勝ムードが漲《みなぎ》っていた。

①海軍省人事局勤務

昭和十八年一月二十五日、私は正式の人事局員に補任された。当時の人事局は、局長は三戸少将、第一課長は中瀬大佐、その他の局員は当時の海軍の中堅どころの錚錚たる人材が揃っていた。私の前任者である河本広中中佐は、私と交替の上二十三航空戦隊参謀としてケンダリ方面に転出することになっていた。

私は着任早々各部からアメリカに関する講演を頼まれていた。また、NHKから放送を頼まれて「アメリカ青年に負けるな」という放送をした。【校訂者注：ここに「別紙」とあり、講演内容かと思われるが不明】

だが、私の講演等は、「アメリカの戦力を大きく見過ぎ、日本側の戦力を過少に見過ぎるので注意せよ」と上からの注意があった。

私が帰朝してから間もなく、一連空司令部の人達が集まって、細やかな一席を設けてくれた。

この時私の話が終わると当時の司令官・戸塚中将が、「優秀な将校でもアメリカに滞在するとアメリカかぶれがして弱音を吐く様になる」と暗に私の弱腰をなじられた。この時、大西中将は「我々の相手は支那空軍が手頃でアメリカでは手強《てごわ》すぎる」と暗に私をカバーして下さった。それ程当時は、日米戦争は楽勝に終わると一般に信じられていたのであった。

昭和十八年一月に正式に人事局員として、前任者の河本中佐と交替したのであったが、ミッドウェー海戦の後、搭乗員数が極度に不足し、人員配員は一苦労であるとのことであった。そこで私は上司にお願いし、大竹主計大尉という東大出の優秀な士官を配員して貰い、搭乗員の現状と海軍が要求している搭乗員の実情とを調査したところ、大変な不足であったが、特に飛行隊の中堅幹部である、中隊長級、小隊長級の大・中・少尉のパイロットが不足しており、その実数は所用数の三十%に足らぬという惨澹《さんたん》たる有様であった。

これを敵国アメリカの実情に比べてみると、彼はすでに開戦一年以上も前から航空戦力の絶大なることを認識して、航空軍備の大拡張に乗り出したのであって、このままに推移したならば、わが国は航空戦力の上から、彼に太刀打ち出来なくなるのは明白であって、何とかしてわが方の搭乗員を拡充せねばならない。

しかし今から海軍兵学校生徒を増員してその卒業を待っていたのでは役に立たない。そこで大学・専門学校を卒業する人々から予備学生を採用し、これを搭乗員とする案を立てて上司の許可を得たのであった。これもいろいろな反対などがあったが、戦局は日増しに思わしくないので、結局私の意見が採用されて実現することとなった。

②「搭乗員養成計画秘話」（遺族会誌に寄稿した文）

私は、昭和一五（一九四〇）年初頭から今度の戦争が始まるまで、米国駐在日本大使館附武官補佐官としてワシントンに駐在し、欧州の戦局とアメリカの出方について見守っていたのですが、昭和一五年の春、ドイツ地上軍が航空兵力との緊密な協同の下に、それまで難攻不落と考えられていたマジノ要塞線を、いとも簡単に突破して怒濤の様にフランス国内に侵入しこれを席捲するのを見て、アメリカ陸海軍の首脳部は今更の如く近代戦では航空兵力が圧倒的な威力を発揮するものである事を深刻に痛感したのであります。

それから後のアメリカは狂気の様になって、航空軍備の拡充に努力し始めました。即ちルーズベルト大統領は、まずアメリカの飛行機を、年産五〇、〇〇〇機とする旨声明を発したが、まもなくこれを年産七〇、〇〇〇機に、次いで更に年産一二五、〇〇〇機にまで増産する様に声明したのです。工業力の雄大なアメリカとしては、飛行機の増産は何とか間に合うにしても、これに見合う搭乗員の養成は、超大国アメリカでも仲々容易な仕事ではないと思われました。

この問題に対してアメリカの陸海軍当局は、全国の多数の大学の青年学徒に目を向け、彼等を飛行機搭乗員とする事を考えたのです。

それで全国の各大学に次々に予備士官訓練団（ＲＯＴＣ）を設置し、これから搭乗員を養成する事にしたのです。特に陸軍のごときは、これだけでは間に合わず、この他に軍で採用した搭乗員予定者を民間の飛行学校にまで割り当てて、その教育を委託するなど、あらゆる手段を用いて航空兵力の増勢に狂奔したのでありました。

私は開戦後米国に抑留されて、日本に帰り着いたのは昭和一七（一九四二）年八月の事でした。私は帰朝後海軍省人事局員を拝命する事になりましたが、そこで私に与えられた仕事は、航空搭乗員の配員計画、初級兵科士官および少尉候補生の補任と、それに海軍兵学校生徒の採用などが主なものでした。職務引継ぎの際に私は前任者から、搭乗員の数が極度に不足し、その配員操作は頭痛の種であると聞かされました。そこで私はある時、当時軍令部が要望していた、航空部隊の編成計画と搭乗員の現有勢力、並びに将来の増加予想とを詳細に調べてみますと、そこには重大な欠陥がある事に気付いたのです。

わが海軍航空の主力は、予科練出身その他の下士官兵搭乗員であって、わが国の予科連制度は、英才を抱きながら、何らかの事情で上級学校へ進み得ない、素質優秀な少年達を、（海軍は士官搭乗員の不足を補うため）搭乗員として養成する制度であって、わが国独特の優れた制度でもありました。しかしながら、緒戦で戦勝した安心感からか、その養成規模は小さく、今次の戦争の規模には相応しえぬものでありました。それ故に当時の搭乗員数は全般的に不足する事になっているが、特に飛行隊の中堅幹部である大・中・少尉即ち飛行隊の中隊長級、小隊長級に著しい不足があり、実際に使い得る員数は、部隊編成のために必要とする員数の約三割程度という様な惨澹たる状況でした。

これを敵国アメリカの状況と対比すると、彼（米国）は前述の様に、大東亜戦争開始前の昭和一五（一九四〇）年に既に将来戦を予想して、膨大な飛行機の増産計画と、これに見合うところの搭乗員の養成計画を立てて一意その実現に邁進していたのですから、彼等はその膨大な航空兵力にものを言わせて南方諸島に飛行機を展開し、我に消耗戦を挑んでくるのは必至であり、これでは、わが方の二段作戦以後の彼我の航空兵力には大きな差が現れてくることは確実で、わが方はいかに飛行機を造ってもこれに乗る人がいない、特に士官搭乗員がいないという様な悲しい状況に陥ることが明らかでした。

この様な状況を少しでも改善しようと搭乗員の増勢計画に、遅まきながら取り組もうと私は決心致しました。そうして状況が最も悪い初級士官乗員の養成には、今から兵学校生徒を大量に募集採用して、その卒業を待っていたのでは遅きに失し今の戦争には間に合わなくなることは殆ど確実であるので、現在の大学や高等専門学校の卒業生を大量に採用して、これを海軍の飛行機搭乗員に養成しようとする、いわゆる飛行予備学生を採用しようと考えました。予備学生制度は従来からもあって毎年採用していたのでありますが、その規模は毎年の採用員数が五〜六〇名程度と極めて少なかったのです。それを、このたび一挙に三、〇〇〇名くらい採用する案を立てて上司の許可を得たのですが、この案で海軍省の各方面との交渉の結果は思わしいものではなく、どこでも抵抗にあってしまいました。それは、当時はいまだ戦局に対して一般に楽観的であったのが根本原因でしたが、その反対の主な理由は、今まで不規律な学生生活を送ってきた彼等学生達を、一挙に三、〇〇〇名も大量に採用して短期間で搭乗員として養成することは、今まで精鋭を誇ってきたわが海軍航空に害毒を与えて、これを駄目にする恐れがある、と言う様なものでした。

それで私が交渉で行き詰まっていた際に、人事局第三課長の小手川邦彦中佐（その物柔らかな人柄に似ず仲々芯の強い人）は、私が交渉で行き詰まっていた各部の反対を根気強く説得し、また陸軍方面の反対をも巧みに押さえて第一三期予備学生三、〇〇〇名（実際の採用員数は四、七〇〇余名）の採用に漕ぎ着ける事が出来ました。しかしながら、アメリカの搭乗員大量養成開始に遅れを取ること約三年で、これは致命的で誠に残念なことでありました。

それゆえに、充分な搭乗員を有するアメリカでは、ある期間前線で戦闘に参加したならば、新手と交替して後方に退いて休養する、所謂ローテーション制度を実施していましたので、私もこれを実施しようと努めたのですが、遺憾ながら搭乗員数不足のため実現することは不可能でした。たまには実戦で顕著な功績を樹てた人達の何人かを内地に呼び返し、後進の指導に当たらせるという、細やかな私の試みも、前線の指揮官からの名指しの要望で、前線に復帰し目的を果たす事が出来ませんでした。

こうしてわが搭乗員は、一直配置のまま、何時果てるとも知れない苦しい戦争を闘って、多数の若い搭乗員達が戦場に散っていったのでした。これは今思っても申し訳ないことであり断腸の思いです。

ある人々は、大東亜戦争の敗因の一つは、飛行機の生産が追いつかなかったことであるといいますが、私には飛行機よりもむしろ搭乗員の不足が敗因であった様に思われます。

予備学生採用問題がとにかく決着したので一安心していたある日、それは多分昭和一八（一九四三）年の三、四月頃であったと思います。中沢人事局長は、兵学校生徒の採用をも担当していた私に「大臣は『今年度採用の兵学校生徒の員数を三、〇〇〇名（従来は千数百名）くらいに増員してはどうか』とのことであった、これをどう考えるか」と話されました。私はこれを他の局員達にも相談したところ、彼等は「それは困る」との反対意見でした。その理由は、今から採用した兵学校生徒達は、その学業を終えて部隊に配属される時までには恐らく戦争は終わっていて、彼等は戦争の役には立たないだろうし、三、〇〇〇名もの生徒を採用する事になれば、現在前線で働いている多数の有能な士官を彼等の教官として内地に呼び戻さなくてはならないので、これは、わが方の戦力の低下になるというのでありました。

中沢局長は、この反対意見を聞かれて、それは一理あるので大臣に申し上げようと言われて部屋を出て行かれたが、しばらくして部屋に帰ってこられて私たちに、中沢局長の申されるには、反対意見を一応大臣に申し上げたところ、大臣の言われることには「そんなことくらいは私は百も承知で、充分考えての上のことである。しかし、今兵学校の受験生は、聞くところによれば、その素質は日本全国の中学校から成績の上位の秀才達が皆兵学校を受験している由である。彼等こそまさに大和民族の宝であろう。しかるに陸軍は、この戦争は本土決戦の最後まで戦うといっているが、彼等（中学生達）も、放っておけば、そのうち鉄砲を担いで戦場に出て死ぬ事になるであろう。それで彼等を今のうちから海軍に取っておき、戦争中は彼等を海軍で温存しておこうではないか。彼等こそ戦後の日本国再建のための大切な宝ではないだろうか」とのことでありました。

この次元の高い嶋田大臣のお考えに対しては、素《もと》より異議を唱えるものは一人もなく、人事面や施設面等の幾多の困難を乗り越えて兵学校生徒を大量に採用する事になったのであります。これが昭和一八（一九四三）年一二月に入校した第七五期生徒三、五〇〇余名でありました。この思慮深遠な嶋田大臣やその後の海軍首脳部の深慮によって、続く兵学校生徒第七六期、第七七期、第七八期と多数の有為な青年達が国家民族再起発展のために帝国海軍に戦い終わるまで温存されたのでありました。戦後彼等は嶋田大臣、および海軍最高首脳部の期待に背《そむ》くことなく、今や日本本土はもとより海外各地において祖国の発展繁栄のために充分に活躍しつつあるを見るとき、さぞ地下の嶋田提督はじめ当時の海軍最高首脳の人々は満足しておられることであろうと思われます。

③近代艦隊作戦に無知な〝大誤算〟

それにしても昭和十八年は、まだ日本全般は戦勝気分が漲っていた。ミッドウェイの敗戦を知っていた海軍上層部でさえ、わが国の敗戦がそんなに早く来るものとは夢にも思わず、日米戦は何とか有利に終戦を迎え得るものと考えていた様だ。

これはもともと近代艦隊作戦の実相を勘違いしていた結果であった。当時は、真珠湾奇襲は、わが海軍の大成功であって、これで有利な作戦展開が出来るものと一般に考えられていたが、これは大きな誤算であった。

真珠湾空襲は、所在の航空兵力を全滅し、在泊水上艦艇に相当な被害を与えたが、航空母艦が不在であった。わが奇襲部隊は、在泊中の戦艦群に相当な損害を与えたことに満足して急遽《きゅうきょ》引き上げてしまった。後から考えるとこれは大きな誤算であった。時代はすでに海上戦闘の主力は戦艦より航空母艦に移っていたのであった。わが海軍でも、戦前海軍大学校やその他で、図上演習や兵棋演習において、航空母艦群を失ってはいかに水上艦艇が優勢であろうとも、艦隊決戦を避けて後退せねばならなかった。この状況を審《つまびらか》に研究し結論を得ておれば、真珠湾攻撃で母艦群を逸《いっ》して若干の戦艦群に損害を与えたのみで、意気揚々と引き上げ得る筈がなかった。この母艦群を逸したことが、昭和一八年四月十八日の、母艦にB－二五を乗せて帝都空襲となり、それが原因でミッドウェイ作戦となり、ついに帝国海軍虎の子の空母部隊の壊滅となったのであった。

それ以後は何時も空母の戦闘では劣勢で戦わざるを得なくなり、優勢な戦艦群を持ちながら、わが方の空母なき戦闘で壊滅するに至ったことは誠に残念であった。

真珠湾攻撃は、あの場合あっさり引き上げずに、執拗に艦隊や陸上諸施設を攻撃（場合によっては戦艦群で在泊艦船を砲撃する）すれば、当時ミッドウェイ、ウェークなどの前進基地への作戦輸送中であった米空母が、急いで戦場に駆け付けたことであろう。わが方にも若干の被害も出たであろうが、敵空母を全滅し得ることは略略確かであり、爾後《じご》のわが作戦を有利に運び得たものと思われ、返す返すも残念至極であった。

真珠湾攻撃を単なる緒戦における奇襲作戦と考えず、日米艦隊の真珠湾決戦と考えて、山本長官は真珠湾作戦を一部将に委《ゆだ》ねる様なことをしないで、自ら先頭に立って派遣可能な部隊を率いて決戦し、敵の艦隊がサンディエゴやサンフランシスコより真珠湾に駆け付けるのを待つ位の戦をやったら、真の名将として万世にうたわれたであろうに、惜しいことに千載一遇の好機を逸したと言わねばならない。それにしても所在空母撃滅を失したことは、いくら悔やんでも悔い足りぬであろう。

この数隻の空母がいなくなっていれば、ミッドウェイ作戦も起こらなかったであろうし、そうであればガダルカナル進攻もなかったであろう。誠に残念なことをしたものである。

④日本海軍の反省すべき点

それにしてもミッドウェイ敗戦後の処理も誠にまずかった。日本海軍としてやらなければならなかった次のことは重要なものであった。

ア　空母群の急速な再建

沈没した空母は致し方ないが、残存した貴重な空母を最大限に利用し、搭乗員は最小限二倍定員とすべきであったろう。すなわち、「瑞鶴」搭乗員甲組、「瑞鶴」搭乗員乙組と二組づつを各空母に備えるべきであった。

これは搭乗員の欠乏していた当時としては真に困難なことではあったが、出来ぬことではなかったと思う。

イ　マリアナ諸島の要塞化

これはミッドウェイ敗戦の有無にかかわらず、強大な米国と戦争を決意した以上は是非ともなさねばならぬことであった。

ミッドウェイ敗戦後、一応の手当てはしたつもりであって、陸軍のごときは「敵がサイパンに上陸してくれれば万事好都合の様に装備を強化し、精強な部隊を配備してある」と豪語していたが、実際に敵が上陸して来ると何等頑強な抵抗も無しに屈伏してしまった。これは、わが陸軍の装備が如何に貧弱で時代遅れであったかの証左であろう。

ウ　戦線の縮小

これは物量を誇る米国に対しては最も慎重に考えるべきものであった。

アッツ、キスカのごときは、ミッドウェイ作戦の一環として実施された以上は、同作戦が失敗した以上ただちに撤退すべきであった。

また、ソロモン方面の占領地は、味方空母作戦を有利に展開するための最小限度の基地に限定し、これには出来るだけの装備・量食・弾薬等の補充をなすべきであった。

それで空母作戦に関係の薄い離島、特にニューギニアやその他の蘭領インドシナ諸島からは撤退すべきであったろう。また、ギルバートのごときも、支援補給に困難である以上、早期に撤退すべきであったろう。

しかるに以上の処置は、ミッドウェイ敗戦後取るべき緊急処置であったにもかかわらず、何一つとして取られていなかった。

敵はミッドウェイの敗戦から、わが方が立ち直る暇を与えず二か月後にはツラギ、ガダルカナルへの進攻となったのである。わが方としては、この時に連合艦隊の全勢力を挙げて敵を撃退すべきであったろう。しかるに、これを決行せず、兵力の逐次注入に終始し、彼に有力な航空基地を与えて、彼我《ひが》消耗戦の態勢の基盤を作らしめたのであった。

私の考えでは、わが連合艦隊は恐らく前後を通じて三回の「全力決戦の機会」があったはずである。

その第一は、緒戦におけるハワイ決戦であり、第二はガダルカナルに敵が進攻した際に行うべきであった。この好機を逸して、優勢な水上艦艇を温存したことは無意義であった。第三回目の決戦時期は、あ号作戦の時であったろう。あの際、空母の遠距離攻撃などの小細工をせず、全力一団となって殺到していたならば、たとえ敗戦となっても敵に相当の損害を与えていたであろう。それにわが方の搭乗員の練度をも考慮せずに、遠距離攻撃で敵を射程外に撃破するという、いわゆるアウトレンジ攻撃を実施して失敗したのであった。この際は、空母と水上艦艇が一団となって突っ込んでいれば、仮に破れたにしてもレイテ海戦や、「大和」の沖縄突入などの無謀な作戦によらず、光輝ある帝国海軍の終末を得たであろう。

⑤母艦搭乗員の消耗

それにしてもガダルカナルへ敵が進攻してからの私の仕事は多忙を極めた。彼我の基地航空消耗戦は日毎に激化し、搭乗員の死傷者の補充・後始末は大変であった。

搭乗員の不足を感じて予備学生三千名を採用した経緯は前述のとおりであったが、私は是非とも今年度（昭和十八年）卒業生を採用しようとしたのに、いろいろと文句をつけられて、翌年の採用となったのは遺憾であった。

また私は、戦場で手柄を立てた様な搭乗員を内地に呼び返し、後進の指導に当たらせようとしたが、搭乗員の消耗が激しく、現地実施部隊の要望が急で、私の抵抗にもかかわらず、内地に長くとどめておくことは不可能であった。ある時には、これらの内地勤務の搭乗員を名指しで長官自ら人事局長に転出方を交渉するという始末で、私くらいの抵抗では役に立たなかった。こうして我は敵の消耗戦にまんまと引っ掛かって、急速に彼我航空戦力の差が開いていったのであった。

中でも配員上最も困難な母艦搭乗員の補充に苦心したのだが、昭和十八年の二、三月頃、連合艦隊の参謀が上京して、母艦機をソロモン方面の基地に派遣し、基地航空作戦に従事させるということで、私の了解を求めた。これは軍令部も承知済みだという。私は「母艦搭乗員の養成は長く時間が掛かるので、基地で消耗することはどうか」と言ったが、「連合艦隊側は長官以下承知のこと」というので私も仕方なく同意した。

　こうして母艦部隊の搭乗員が、基地消耗戦に巻き込まれることとなったのである。この様に母艦搭乗員を消耗しておいて、今度は空母を中心とした「あ号作戦」となるので、母艦部隊を充実することと全く矛盾した軍令部の方針に腹が立ったが、必要なものは充足せねばならない。各部からかき集めて空母部隊の充員は一応出来たが、人事面から見て到底満足出来るものではなかった。

「あ号作戦」が始まると、人々は必勝を期して神社参りなどをしていたが、私は到底その気になれなかった。「あ号作戦」には、初めて第十三期予備学生出身者が空母部隊に配員された。そして遠距離攻撃に加わったのだが、その成果は推して知るべきであったろう。もし機動部隊が近接攻撃に徹していたならば、彼等とて相当の偉勲を立てたことであろう。そして私も彼等の出陣を喜ぶとともに、その最後については割り切れるものがあったはずである。

　また、昭和十八年の終りごろ、軍令部からの強い要請で、第一航空艦隊の編成が要望された。これには司令部の他、戦闘機、艦爆、中爆、偵察、中攻の各航空隊が付属し、その内容は特に士官人事は特級中の特級の優秀な人物ということであり、飛行隊長は名指しで軍令部から要望があった。第一航空艦隊は、戦局の現状に鑑み、優勢な敵空母を制圧するためには、我が島嶼を転々と機動し得る優秀な陸上兵力が必要であるとのことであった。それにしても敵の進出が我が予想よりも急速であった。

即ち、昭和十八年二月には、敵がクエゼリンに上陸するとともに、マーシャル、カロリン諸島は、敵機動部隊の空襲に曝《さら》されるに及んで、ついに訓練の完熟を待ちきれず、第一航空艦隊は内地を出発し、内南洋方面（主としてサイパン、テニアン、ロタ）に進出したが、間もなく敵機動部隊の襲撃を受けて、何等戦果を挙げることなく壊滅した。

これは、如何に精鋭な部隊でも、基地の防空（見張り、防御など）の施設が貧弱であれば活動し得ないということである。それで敵の奇襲を受けて何等大した戦果を挙げることなく壊滅してしまったのである。

二十、「軍令部時代」

【校訂者注】以下原稿がないので「見出しとメモ」のみを列挙する。

①軍令部作戦課員に転出

ア　人事局に二年以上、２ＡＦ、源田参謀転出。

イ　兵力の大半を消耗、手の施し様がない。

ウ　四月六日より、特攻攻撃を行うと報告、現地に派遣さる。

エ　９Ｆからは参謀淵田中佐

②菊水作戦

ア　菊水作戦状況
イ　「大和」出撃事情
ウ　「丹」作戦
エ　宇垣長官の心境
オ　照乎脚下、最後の出撃
カ　大西次長の沖縄奪回作戦

③剣烈作戦の裏話…剣作戦、八月一八日の月明

ア　構想、園田大尉のこと、山岡大尉、隊員の要望。
イ　大西次長の対応、増田東映社長、川南社長、殿下モ動カル。軍令部会報…富岡部長一喝。
ウ　原子爆弾と次長
…八月六日、広島に原子爆弾
…八月九日未明、ソ連参戦の報
一〇〇〇、戦争指導会議
一一〇〇頃、長崎に原爆
一四〇〇、閣議～二二三〇まで　宵から御前会議
…午後八時大西次長来訪

エ　内義…次長の心境、米内海相の一蹴。
…八月十日、午前三時頃、会議から総長帰る。（ポツダム宣言受諾の聖断下る）
…「天皇は占領軍司令官に従属する」
…八月一二日、両総長拝謁、大西次長来部（二度）。
…八月一三日、連合国からの正式通告、
…海軍上層部を手分けして説得
オ　八月一四日、最後の御前会議
…陸相、両総長に発言を許サル。
…スイス公使に電＝ポツダム宣言受諾に関する電
カ　八月一五日、厚木空ビラ散布
…放送

④大西次長の最後

…大西次長の欠勤、厚木、マッカーサー元帥からの指令
…八月一六日、大西中将自刃
ア　割腹の報
…海軍省公表（八・一七・一六〇〇）「…八月一六日未明官邸において自刃セリ」

イ　米国からの通告［編者注：マニラへの全権団派遣の件］

⑤マニラ派遣使節団

ア　厚木ｆｃ

…十七日＝随員の人選、

…出発前日の行事

…八月一九日、出発

…八月二〇日、不時着

イ　マッカーサー元帥厚木到着の態度

二十一「終戦処理…平和の密使マニラへ飛ぶ」（雑誌『丸』昭和40年5月号）

①最初に来た米軍の命令

昭和二十年八月六日には、広島に原爆が投下され、九日には、ソ連が対日宣戦を布告し、また長崎市にも原爆が落とされた。

東京では連日、最高戦争指導会議や臨時閣議が開かれて、ついに天皇の御聖断が下り、八月十五日、御詔勅の放送が行われた。

大本営陸海軍部では、開戦以来この十日間ほど、重苦しい空気につつまれたことは、いまだかってなかった。若手参謀連は、ポツダム宣言受諾に反対し、あくまで抗戦せよと叫ぶ強硬論者も少なくなかったが、今となっては終戦業務を円滑に行って、陛下の御心にそうことを、こころに誓ったのであった。

しかしながら、本土決戦、特攻精神に燃えていた部隊将兵の気持ちを、百八十度、変えることは容易ではなかった。日本の和平提案を放送する諸外国の短波放送を、直《じか》に受信していた地方の部隊の激昂と動揺ぶりは大変なものであって、毎日のように指揮官たちが東京に出向いて、中央の弱腰ぶりを難詰する始末で、これを説得するのに一苦労であった。

八月十六日には、連合国最高司令官であるマッカーサー元帥から、最初の電報指令が東京にとどいた。これは「マニラにある連合国最高司令部に、日本国天皇、日本国政府、日本国大本営の名において、降伏条件を遂行するために、必要な要求を受理する権限を有する代表者を派遣せよ……」とあった。

八月十七日の最高戦争指導者会議では、マニラ派遣団全権に、参謀次長河辺虎四郎陸軍中将がきまった。全権の随員として、陸軍からは天野正一少将（参謀本部作戦課長）、山本新大佐（同欧米課長）、松田正雄中佐（同航空班長）、南清志中佐（陸軍省軍事課員）、高倉盛雄中佐（同軍務課員）。海軍からは横山一郎少将（軍令部次長大西滝治郎海軍中将が自決していたため）、大前敏一大佐（軍令部作戦課長）、吉田英三大佐（軍務局三課長）、溝田主一書記官、杉田主馬書記官、それに私、外務省からは岡崎勝男調査局長、湯川盛夫書記官が任命された。（注：他に陸軍から二名、海軍から一名の通訳要員が加わった）

全権団は、首相官邸で東久邇宮新首相に拝謁し、激励の言葉を受けて、それぞれ多忙な準備作業にとりかかった。マッカーサー司令部からの指令では、全権団の乗用機は、武装のないDC－三型機を使用し、機体を白色に塗り、主翼の上下両面と胴体の両側に、五百ヤードの距離から容易に識別できる『緑色の十字のマーク』をつけ、その航路は、九州の佐多岬を経て沖縄列島の伊江島飛行場に到着すべきこと、また、伊江島への進入針路は一八〇度とし、米側が誘導機として派遣するP三八戦闘機と会合するまでは、着陸してはならないこと、伊江島からマニラまでの往復輸送は米軍機を使用することなどが規定されていた。

全権団の輸送担当は、海軍が受けもつことに決められたが、同機（DC三）を使用するとすれば、航続力の関係上、九州に着陸して燃料を補給をする必要があった。現地部隊からは、九州方面の情勢が険悪なため、全権団の安全が保障できないので、着陸はしてもらいたくないとの申し入れがあった。そこで米側に連絡して、一式陸上攻撃機二機を使用して、九州はよらずに、伊江島に直行することに決められ、横須賀海軍航空隊に、飛行機とその搭乗員を準備するよう命令された。

②友軍機の追跡をのがれて

ところがやっかいな問題が起こった。それは整備された一機が、試験飛行中に、厚木の戦闘機に追いかけられて、銃撃を受けたとの報告が来た。私は全権団でただ一人のパイロット出身者であったので、全権団を無事に輸送することが、私の、今一つの任務であると感じていた。

そこで乗用機の行動は、極秘にすることにし、飛行機は整備のできしだい、横須賀から隠密に木更津飛行場に輸送し、全権団の出発を待たせることにした。

いよいよ出発の八月十九日がきた。全権団一行は、朝六時、羽田に集合し、そこからDC三に乗って、木更津に向かった。そこでは寺岡中将をはじめ幕僚たちの出迎えをうけ、朝食ののち、陸攻二機に分乗して、〇七一八、木更津を離陸した。

離陸後、厚木基地の戦闘機の行動圏外に出るため、一旦《いったん》南東方向に二〇〇カイリの洋上に進出し、そこから大きく右に旋回して、佐多岬に向かった。

佐多岬を過ぎると間もなく、米軍誘導機と会合し、その先導で、一五三〇、伊江島飛行場に着陸した。着陸のときブレーキの利きが悪く、滑走路のはしまで滑走してようやく止まった。

③マ司令部での押し問答

総司令部で我々に示されたことは、

（一）八月三十一日、連合国最高司令官は、東京湾内の米国戦艦において、日本軍の降伏を受諾すること。
（二）降伏式施行以前に連合国最高司令官と、その随伴部隊が日本に到着すること。
（三）八月二十三日に、先遣部隊が、空路、厚木飛行場に到着し、また、海軍部隊の一部が、相模湾および東京湾に進入すること。
（四）八月二十五日、連合国最高司令官および随伴部隊が厚木飛行場に到着し、海軍部隊は横須賀港付近に上陸すること。
（五）その後も引きつづき空輸または上陸が続行されるが、海軍部隊が九州鹿屋飛行場に到着し、また一部隊は付近の高須海岸に上陸すること。
（六）マニラ派遣の日本全権団は、連合国軍進駐の参考となる東京湾および鹿屋方面の海陸軍事施設、兵站《へいたん》補給施設に関する情報を提出すること。
（七）マニラでの会議が終わり次第、日本全権団は、べつに準備されてある天皇の布告案、降伏文書、連合国最高司令官の陸海軍命令第一号、連合国最高司令官および随伴部隊の、東京湾地区進入並びに鹿屋飛行場占領に関する要求事項を日本に携行すること、などであった。
米国側の出席者は、参謀長サザランド中将、航空参謀副長ハッチンソン准将、艦隊参謀副長シャーマン少将、補給部長ホイットロック少将、情報部長ウイロビー少将、作戦部長チェンバレン少将の六人だった。

我々は、米国側と数班にわかれて打ち合わせにはいったが、当方として、何としても気がかりなのは、問題の厚木基地へ、八月二十三日という早い時期に先遣部隊が到着することだった。横山少将と私は、ハッチンソン准将を相手に、厚木基地への進駐をなんとか阻止しようと努力したが、相手はなかなか承知しない。

当方では、厚木のかわりに木更津か鴻池基地はどうか、と主張したが、相手は作戦の要求上、東京湾の西側に飛行場が必要なのだといってゆずらなかった。また私たちは、厚木は戦闘機基地で、四発機の着陸には不適であるというと、彼は、米軍が空中から撮った飛行場の写真を見せて、四発機が厚木飛行場にもいるではないかというので、見るとなるほど四発機が滑走路のはしにいる。

私はとっさに、これは囮機で飛べない飛行機だといったが、らちが明かない。そのうちに全員が一つのテーブルについて、サザランド参謀長主催で最後の仕上げに入った。

この席では、河辺全権は、二十三日の先遣部隊の到着は、はやすぎて受け入れ準備が間に合わないことを、熱心に繰り返し主張した。

そのうち参謀長は立ち上がって、別室でマ元帥と相談してきたらしく、席にかえると進駐予定日を三日ずつ遅らせると言明した。会議はなかなか手間どって、終わったのは翌朝の午前二時半ごろであった。

私たちは、再び米軍機で、二十日の一三〇〇、ニコルス飛行場を出発、一七三〇、伊江島飛行場に到着、日本機二機に分乗した。一番機には、河辺全権、横山少将、岡崎局長などが乗り、私も同乗した。

一番機は、日没間もない一八三〇ごろ、離陸したが、二番機の方は故障が起こったらしく、離陸してこない。私たちの日本への帰還は、一刻を争うので、二番機を残して木更津に直行した。

④燃料不足で不時着を決意

出発して二時間くらいたったころ、搭乗員席の方で、大声を上げて、ののしりあっているのが聞こえたので、私が行って見ると、伊江島で燃料が満載されていないので、このままでは木更津までたどりつけないということであった。

九州か四国の飛行場について、燃料を補給できれば問題はないが、これらの基地と飛行機との通信連絡は取れない。

無理をしてこれらの基地に到着しても、果たして滑走路の弾痕が修理されているかどうか、疑問である。

不完全な飛行場に、夜間着陸して起こる飛行機の事故は、致命的なものである。私は、とっさに陸岸ぞいに、行けるところまでいって、海上に不時着する方が、より安全であると判断し、とりあえず、針路を変えて室戸岬に向かうように機長に命じた。私は須藤機長の操縦技術には、全幅に信頼していたので、二人で安全に不時着する方法を、いろいろと研究してみた。

　燃料の残量から推定すると、不時着の海面は、遠州灘か、相模湾となるであろう。この海岸は、遠浅の砂浜である。海上は平穏で、ウネリはなく、三メートルぐらいの弱い風で、海岸付近はさざ波程度であろう。晴れ渡った天空には、月齢一二の月が海面を白く照らし出していて、夜間の不時着水には、満点の好条件である。私たちはいささかの不安も起こらなかった」

「緑十字機とB-25の編隊」

　不時着は予定の計画通り、いや計画以上の出来ばえであって、これは須藤機長以下乗員のすぐれた技量によることはもちろんであるが、天佑が私たちに味方したものと、感激はふかかった。

　岡崎氏が額に軽い傷を負ったほかは、全権団の人々にも、搭乗員にもカスリ傷一つなかった。そこで私たちは濡れずに海岸に上陸した。

　不時着地点は、天竜川河口から一カイリほど東寄りのところであった。地元漁民の奔走で、私たちはトラックに乗って浜松飛行

伊江島へ着陸進入中（上・フラップが出ていない）
伊江島で給油中の緑十字機（下）

場に到着し、一機残っていた重爆を徹夜で整備して貰って、よく早朝、浜松を出発して、二十一日の午前八時ごろ、調布飛行場に着陸した。
飛行機から降りた河辺全権は、私に、今度の行動では、いろいろ面倒なことが、つぎつぎと起こったが、無事東京にかえれたことはうれしいことだと感謝された。

【参考資料】関係者たちの証言
《横須賀海軍航空隊に、航空機と搭乗員を準備するように指示が出され、使用する一式陸攻機を連合国の指示どおりに真っ白に塗り替える作業が徹夜で進められたが、塗料の質が悪くて旨く乾かないなど作業は困難を極めた。
軍使機の搭乗員も、第三航空艦隊の寺岡中将直属の部隊から、一番機には偵察員・大久保林次少尉、大西甫飛行兵曹長、前原政輝電信兵ら、優秀な搭乗員たちが選抜され、機長には、水兵から身を起こしてパイロットになり、支那事変初期の渡洋爆撃から南方戦線と転戦して生き残った大ベテラン・須藤伝大尉を、随員中唯一のパイロットである寺井が直接推薦、二番機は偵察員・石倉少尉、電信員・種山平一上飛曹、安念泰英上整曹、小柳勝二整曹、そして操縦は河西義毅少尉であった。選抜された当時の心境を須藤大尉は次のように語っている。

「昭和二十年八月十七日、横須賀航空隊第三指揮所に居りましたとき、指揮所当番の『須藤大尉電話です』との声に出てみますと、飛行長からの電話で、生命の安全は保障できないが、ある重要任務を引き受けてもらいたいとのことでした。重要な任務と申しますとどのようなことですかと質問しましたところ、その目的、任務等極秘のことなので話すことはできないとのことでした。とにかく飛行機を操縦してどこかへ行くということは間違いなく、生命や飛行機等どうなるか判らないということでした。私は終戦になったことですし、返答に窮しました。飛行長からどうか引き受けてもらいたいとのことなので、引き受けることにしました。出発は八月十九日早朝であると言われましたが、搭乗員は誰であるのか、操縦する機種は何かも判りません。生還は期待できないとのことですから、身の回りの整理を行い、実家に疎開している妻と、東京の山水中学校に入学している長男に連絡しましたところ、翌十八日に長男だけ横空に来て面会でき、別れを告げました。(中略)

軍使一行到着、最高軍使は陸軍河辺虎四郎中将で、海軍は横山一郎少将、存じ上げて居りましたのは寺井義守中佐です。同じ飛行機に乗られ、出発後コースその他の事を命ぜられました。

伊江島に着いた河辺全権（左から2人目）左端が寺井中佐

驚きましたことは、厚木空の戦闘機が我々2機を撃墜に来るとのことでした。無防備の2機がこれに遭遇した場合、どうして退避するかということですが、私が755空で南洋に居り、米軍のタラワ、マキン上陸作戦のとき、単機で敵機動部隊を索敵中、敵戦闘機3機の攻撃を受け退避した経験がありますので、そのときと同様海面すれすれに太陽に向かってジグザグ運動をしながら退避すれば、何とか脱出が可能ではないかと話しましたところ、君の技量を信頼していると申されましたことを記憶しております。(「海軍中攻史話集。第15・緑十字機を操縦して。海軍大尉・須藤　伝」海軍中攻会編。昭和53年。非売品)

○七一八、真っ白な機体に緑の十字を描いた二機の「軍使機」は、特攻出撃の様な「総員帽振れ」に見送られて、まず須藤大尉が操縦する、胴体下に円筒形の増槽（燃料タンク）をつけた、最も旧い型の一式陸攻・一番機が、続いて河西少尉が操縦する二番機が木更津を離陸した。

この頃九州上空では、時を同じくして、機体を白く塗った「囮機」が、電波を出しながら飛行していたのである。

二機は編隊を組み房総半島を越えて南下したが、計画されたコース上には積乱雲が発生し、層積雲が海面にまで達する驟雨《しゅうう》模様と天候が悪かったため、第二案であった大島南方を通過して西に向かった。

潮岬、室戸岬を確認しつつ九州最南端の佐多岬を通過、間もなく米軍の誘導機と合流し、その誘導を受けて一路沖縄に向かった。数日前まで敵同志であった日米の軍用機が編隊を組んだわけで、「敵機」の真っ直中に飛び込んだこの時の感想を、大西飛曹長は次のように回想している。

全権団（上・左から2人目寺井）
マニラにおける交渉風景（下）

「ふっと上を見ると、まるで胡麻を撒いたように、P－三八が十一～十二機、B－二五が一〇機来て

勝ち誇る米軍将兵たち（上）
いよいよ帰途につく（下）

いた。私たちは前々から敵地に飛び込む積もりでいたので、ミッキーマウスだとか、等身大の女優の絵が戦闘機の横に書いてある、そういうのがひっきりなしに回りに集まってくるので、我々塔乗員はボーとのぼせてしまった…。（略）通信は、電話にしろという指示だったので、いわゆるトン・ツーの無線電信から急遽組み替えた。マッカーサー司令部の呼び名は『モッカ』、我々は『バターン・ワン、ツー』で、例えば『ジスイズ・バターンワン、コーリング・モッカ、キャンユーヒヤミー？』という具合だった。後で分かったことだが、マッカーサー司令部がわざわざ電話機に変えさせたのは、これらの交信をＷＢＣ放送とＡＢＣ放送を通じて、これが日本の降伏軍使機のパイロットの声だと全世界に放送していたのだ（私の昭和史…東京十二チャンネルＴＶ：昭和四十九年九月放映から）

須藤大尉は、「伊江島上空に着きまして、滑走路を見ますと一〇〇〇メートルあるか無いかの長さで、滑走路の先端は五〇メートル以上の断崖であるため、オーバーはいけないと思い、一回はやり直して二回目に辛うじて接地、同時にエンジンを停止しました。バッテリー不良のため脚は手動で出ますがフラップが降りず、着速大で、接地後ブレーキに頼るしかなかった次第です。そのブレーキも右側が効きが悪く、行き足がなくなるにつれて左に回り、列線の米軍機に衝突しそうになって停ったように覚えて居ります（海軍中攻史話集）。

全権団長の河辺中将もこう回想している。

「四発の堂々たる大型機（米空軍輸送機C－五四・スカイマスター）、機内にゆったりした座席32、通路も広い。せせこましい軍用機内に窮屈な姿勢で、『これが大体空中旅行』というものと観念づけられていた私――日本の空軍将官には『素晴らしいものを奴っこさん等使っていやがる』と、羨望やら反感やら自侮感やらわからぬ感じがひらめいた。しかも機内の綺麗なこと、各座席には新品と思われる水中救命具一式が整然と置いてある。数名の兵が機内にあって我々にサービスをする。あたかも空輸会社の飛行機に観光旅行客として乗り込んだような感じだ。こうした待遇ぶりは、敵国の軍使にも丁寧な取扱いをする文明国の態度であろうが、一面また余裕綽々《しゃくしゃく》たる大戦勝国の威風を誇示するものとも考えざるを得なかった（「市ヶ谷台から市ヶ谷台へ」：河辺虎四郎著。時事通信社・昭和37年）」

横山海軍少将も、「私たちの攻撃機というのは、カンバスのシートしかなく、バンドもない。ところが、C－五四の中では、ジュースを御馳走してくれたり、煙草をくれたり、至れり尽くせりの歓待を受けた（「目撃者が語る昭和旋風四十年」（雑誌『丸』昭和四十年五月号）」と語り、伊江島に残った大西飛曹長らはその夜、米軍の将校宿舎で「歓迎会」をうけたのだが、全権団の方は、マニラ市内で、沿道一杯に並んだフィリピン人から「バカヤロー」と罵声の「歓迎」を浴びた。

十九日午後五時、マニラのニコルス・フィールド飛行場に到着した全権団一行は、通訳のE・F・マシペーア大佐の出迎えを受けたが、ここでちょっとしたハプニングが起きた。タラップを降りた河辺全権が、握手をしようと差し出した手を、マシペーア大佐が拒否したのである。河辺全権はそのときの模様をこう語っている。

「タラップを離れるとともに、そこに立っていた一人の大佐が、日本語ではっきりと『お迎えにきました』という。この言葉によって、私には一種の親和感がおこり、その刹那まで体内に充ち満ちていた重苦しい気持ちが瞬間的にほぐれて、殆ど無意識的に握手の手をさしのべた。

彼もまたこれに応ずるように、右手をのばしたが、ヒョッと思いなおしたかのように、その動作をやめた。それで私もハッと気がつき、『握手はまだいけないんだ』と感づき、また、直前の重苦しい気持ちに戻った（市ヶ谷から市ヶ谷へ）」

一方、伊江島で全権団の帰りを待っていた搭乗員・大西飛曹長は、この日の伊江島の様子を次のように語っている。

「急に外が騒がしくなって兵隊やMPたちが空に向かってピストルをボカンボカンと撃つ、機関銃は撃つ、帽子を空に放り上げて踊り狂っている。恐る恐る天幕を上げて尋ねると、『実は今、君達の軍使が停戦協定を無事に締結してこちらに帰ってくるのだ。我々の血みどろな四年間の太平洋戦争がこの瞬間に終わるのだ』といって踊り狂っていたのだという。そしてマッカーサー司令部から『この白い2羽の平和の鳩は、個人的にも色々恨みもあろうが、一指も加えずに無事に帰すように』という特別命令が出ていた事を知った。」

燃料不足で不時着を迫られたとの状況を須藤大尉の回想から引用する。

「種子島、都井崎を左に見ながら、木更津に直行のコースを取りましたが、二三〇〇、潮の岬を見た頃、大久保少尉からもう燃料がないと報告してきましたので、整備員に再点検するよう命じたところ、確実であることが判り、不時着を決断しましたが、その声に気付かれた寺井中佐が来られ、遠州灘、渥美半島までたどり着ければ良いと言われました。熊野灘の海岸は断崖で陸地に降りることは危険であり、また海上にはできる限り降りたくないと考えました。一行には陸軍の上級士官がおり、水泳の程度が判りませんから、生命の保障は望めないと思ったからです。重要な軍使を死なせたら、到底生きては居れないと、神仏の加護を祈った次第です（海軍中攻史話集）」

河辺全権はその時の模様を次のように語っている。

「腕組みして椅子に眠っていた私が突然揺すぶり起こされた。一乗務員が私の耳に口をあてて、『海面に不時着をしなければならぬようですから、救命具を付けて下さい。時間はまだ十分ありますから、ごゆっくりどうぞ』という。『エンジンの故障かな』と思いながら、手探りで、私に配当された救命具を着装した。ところが暫くして、乗務員が再び来て、『ご安心ください、大丈夫です。平塚の海岸が見えました』というのである。眠気の私の頭はハッキリせず、救命胴衣もそのまま着けっぱなしでいると、彼は三たび来て『やっぱり駄目です、不時着です。ご準備をお願いします』といい、急いで自席に帰っていった。私の直ぐ前にいた岡崎氏は、『携行書類は私が持っています』と私に告げた。乗務員室では、寺井中佐もいて何事か忙しそうに、しかしまごついている様子もなく、次から次ぎと処置をしている有様が、月の光でよく見られ、いじらしい気持ちをさえ感じさせる。寺井中佐の声だろうか、『不時着用意』という号令が聞えた。機速は急に減った。機体の沈降が明瞭に感ぜられ、文字どおりに『刻々』気温が増すのがわかる。エンジンが時々パンパンと鳴る。（略）機体の沈下するに伴い、私は膝の前の座席をかたくつかんで、のめらぬようにと頑張っていたが、そのうちに、機体前部の着地を感ずるとともに、相当に強い惰力的の衝撃を受け、それと同時に、頭上の闇の中から、何物かガタコトと転落する響きがきこえ、瞬時の後急激な一撃突とともに機体が静定停止した。その刹那私は『助かった』という一種の安心感を得、同時に『この状況では怪我したものはなかろう』と推定した（中略）」

「乗務員の方から『どうぞ出口に出て下さい』といわれるので、後部の出入口の方に歩くと、扉は故障なく開かれ、海水に足を浸している乗務員の一名が、私を背負う姿勢で迎えてくれた。見れば波の全く静かな砂浜のなぎさで、機体の前半部は砂の上に、後半部は海水の中に、すこぶる具合のよい不時着ぶりである。私は背負われて数メートル、浜に下ろしてもらった。月はまだ水平線上にある。機体を見れば、プロペラは惨めに曲がっているが、そのほかの部分には破損の個所は見当たらぬ。機体の後半部は静かに寄せてくるさざ波に洗われている。一行は機体を離れ、携行品も浜に運ばれた。岡崎氏の頭の微傷以外誰一人として怪我をした者はおらず。

そうこうするうちに急に月が落ちて暗くなりはじめた。あたかもそこへ一名の老人が浜づたいに来たので、『ここはどこかネ』と尋ねたところ、天竜川河口の左岸に程近い場所である事を説明してくれた。平塚海岸などとは大きな誤測で、ここは遠州灘の海浜なのである。

この老人の語るところによれば、彼は部落で乾魚の夜番の勤めにあたり、ひとりこの浜にいたところ、飛行機が降りてきたから、アメリカのものと思い、浜に曳き上げてある舟の陰にかくれていた。ところが飛行機から出た人たちの言葉が日本語にまちがいないので、出て来たという（市ヶ谷台から市ヶ谷台へ）」

横山少将も不時着の瞬間を次のように語っている。

「急に『不時着用意！海上へ降りますからライフジャケットをつけてください』という叫び声に目を覚ました。やがてガチャンと大きなショックがあって、もう一度強いショックがあり、後方から油缶や、いろいろなものが頭の上を越えて前方に飛んだ。初めのショックは海上に着水したとき、後のショックは砂浜に乗り上げたときであった（「目撃者が語る昭和旋風40年」（雑誌『丸』昭和40年5月号）」

一行が搭乗員に背負われて浜に上がったところは、磐田市中心部から南に二キロ、天竜川河口の東約四キロの遠州灘に面した遠浅の鮫島海岸で、目撃していたのは海岸に鰯の生干し小屋を持ち、その監視にあたっていた同市鮫島の大橋政治氏であった。大橋氏は昭和二十八年に七十八歳で亡くなっているが、生前、家族や土地の人達に繰り返しこの不時着機の事を語って聞かせていたという。「昭和58年8月14日付の読売新聞静岡版」には、「昭和二十年八月二十一日午前零時すぎ、天竜川河口から海岸すれすれに、波打ち際と平行して降下、着陸する飛行機を目撃した。米軍の襲撃かと思って、いったん小屋の中に隠れたが、『オーイ、だれかいるか』と日本語で叫ぶ声を聞き、ホッとして近寄ると『連絡を頼む』。大橋さんは返事もせず約二キロ離れた警防団長宅へ駆けつけ、急を知らせた。

警防団長の呼び出しで、現場へ駆けつけたのが同市鮫島、農業中田正行さん（五六）（当時一八才）。不時着機の操縦士を電話のあるところまで案内し、浜松の陸軍航空基地（天竜分校）を呼び出し、受話器を操縦士に渡した。すぐ現場へ駆け戻って、金モールをつけた軍服姿の人に報告すると「オス、ご苦労さん」とひと言。後年、写真などでその軍人は河辺虎四郎陸軍中将と知った。乗員は十数人ぐらいで怪我をしたのか頭に白布を巻いた軍人が二人いたという。このあと乗員の一行は、浜松基地（天竜分校）からの迎えの車が来るまで近くの鮫島青年会館で休憩したが、地元民約四十人が集まり、何かと世話をやいた」とある。

また、磐田市の歴史をまとめた「磐田ものがたり」（磐田史談会編。谷島屋書店・昭和63年）には、「鮫島海岸の降伏軍使不時着事件」として次のような記録がある。

「…（略）機体前半は砂上、後半は海水に浸った格好だったが、一名が微傷した程度の幸運な不時着であった。それは八月二十日午後十一時。場所は磐田市鮫島ゴルフ場南の海岸であった。そのとき現場近くで日干鰯の不寝番をしていた大橋政治（五二歳）・中田正行（一八歳）の両名がいた。爆音もなく、ドスンと鈍い衝撃音と共に飛行機が降りてきた。『B－二九』が上陸《ママ》してきたと思い、浜にあった廃船の陰の砂上に伏し様子を窺っていた。動くに動かれず、生きた心地はしなかったという。飛行機から降りた人達の言葉が日本語だったので声をかけた。その人が河辺中将だった。中将の依頼に応じ、警防団・青年団を総動員して、軍・警察への連絡、海岸より機内の荷物を国道まで運んだ。一行は天竜飛行場、浜松飛行場を経て、二十一日には首相に報告、そして天皇陛下に奏上し、任務を完了したという。海岸に放置された飛行機は二、三日後の台風により海中に没した。」

次に、磐田市に住む静岡県西部防衛協会副会長・山田氏が、当時の警防団員・山中ヨシオ氏（磐田市鮫島）に取材してくれたメモを要約する。

「山中氏の証言（H四・八・二十六　一三：三〇）

＊日時：昭和二十年八月二十一日　〇二〇〇　頃（少なくとも午前〇時すぎ）

＊不時着地点：天竜川河口東約四〇〇〇米。鮫島海岸波打ち際

＊天候：快晴、月明、波静か。
＊不時着の状況：
八月二十日は鰯が豊漁で漁師が幾人かその処理で浜小屋に残っていた。月明で空も海も明るく、漁師の一人が夜中海の方を見ていてふと気が付くと、西の方から飛行機が低空で波打ち際の上をすれすれに飛んできて、そのまま目の前の波打ち際に胴体着陸をしてしまったという。エンジン音は無かったようだ。見事な不時着で機体の損傷はなかった。当時の浜の波打ち際は広大で、不時着地点は現在のゴルフ場入口駐車場の前方少し東よりだが、今では浸蝕により海没してしまっている。

不時着と同時に機体の扉が開いて、参謀懸章を付けた中将の人を先頭に七〜八名の将校らしい人達が上陸してきたという。

急を聞いて警防団員も直ぐ出動、山中氏はその中にいた。彼が現場に向かっているとき、前方にそれらしい人影が近付いてきて擦れ違ったが、急いでいたので誰だったか分らないという。恐らく軍使一行が鮫島公民館まで歩いていたのであろう。山中氏が浜に着いて見ると、波打ち際に白色に塗られた大きな機体があり、緑十字の標識が夜目にもくっきりと異常に見えたのを覚えているという。警防団に応対したのは（大西）兵曹長で、彼は機内に残っていたカンパン、牛缶等を持ち出して、団員に分け与えてくれ、更に機内を見せてくれたが中には何もなく、腰掛け？　らしい物があっただけでガランとしていた。（この時のクッションが一枚、浜松基地広報館に展示されている。）

その後、団員たちは夜が明けるのを待って、機体に近付けないように浜にロープを張り監視していたが、不時着して二日目の夜に大シケ（台風…この台風で連合軍の厚木進駐も四八時間遅れとなり、結果的に大いに救われたのであった。）となり、夜が明けてみると機体の影はなく、エンジンが一台浜に打ち上げられ、一台は曲がったプロペラが付いたまま波に洗われていた。機体は波にさらわれたのか不明で、エンジンもその後長い間放置されていた。それ以降は不明だが、暫くは漁師の網が引っ掛かって難儀していたという。

山中氏は、この事態は何か大変なことだと思って今まで余り話さなかったが、当時のことを知る人も少なくなり忘れられているらしい。

ただ、過去にテレビの終戦番組（昭和四十四年の東京12ch・TVか？）で、鮫島の中田正行さんが、事故について証言したのが放映されたという。》

二十二　出版物などへの寄稿文集

①随想などから

「回想の小沢治三郎」（小沢治三郎伝記刊行会編…昭和四十六年発行）

思い切った大胆な決断を下す提督

私は昭和二十年一月、軍令部第一課に着任致しました。それから数か月間、小沢軍令部次長のもとで勤務致しました。

次長は、外見は大変厳格そうで怖いような人でしたが、実際にはなかなか細かいところまで心を使われ、部下を大変可愛がられる心の優しい提督でありました。

ある日の夕方、私は次長のお呼びで官邸に伺いますと、丁度食事が始まるところでありました。そこで進められるままに、早速私も御相伴に預かったような次第です。その際次長は、平素心に掛かっていられたことを中心に、私たち若い者の率直な考えを知ろうとしておられることがすぐ判りました。私は航空担当であったので、話は主として航空戦力の現状分析というようなことでした。

当時海軍航空隊は、すべて内地に引き上げて、部隊の再編成が行われ、新しい搭乗員を加えて練成訓練中であって、一応の練度に達するのには数か月を要することをお話し申し上げました。

その後間もなく敵機動部隊が本土に接近し、本土空襲の気配を示していました。

当時、日本内地には、これに対抗し得る戦力は皆無という状況であったので、軍令部内では目下再訓練中の航空部隊の実情を知る者は、孤立無援の有様で大変困りました。

この時、小沢提督は、決然たる態度で「敵機動部隊に対しては航空攻撃はかけない。航空兵力は極力温存し、予定通り練成訓練に邁進する」と宣言されました。

私は小沢提督は、事に臨んでは思い切った大胆な決断をされるが、これがためには平素から十分いろいろな面から研究をしておられ、思慮も極めて緻密な方であって、やはり得難い名提督であったことを知らされました。

②翻訳書（第二次世界大戦ブックス…産経新聞社出版局）の「あとがき」から

ア「暗号戦＝訳者あとがき（昭和五十年六月発行）」

ある時、東京駐在のトルコ武官が私に、「日本に来て最も強く感じたことは、自国の防衛に無関心になれるほど、日本は平和な国であるということだった」と語っていた。

そしてまた、彼は次のようにも語った。

「これは日本が四面環海の島国だからではなかろうか。それに比べるとトルコは、ギリシャ、ブルガリア、ソ連、イラン、イラク、シリアの六か国と接しているので、いつもどこかで何らかのイザコザが起きている。その上トルコ人は、幼い時から異民族の侵入による悲惨な物語を聞かされているので、国境地帯に住むのを嫌い、過疎化の傾向もある。

そこで、たまたまそこに住み着いた人達でも、向かい側の動きには非常に敏感で、小兵力の移動さえも見逃さない。彼等は、要請もされないのに向かい側の状況を逐一国境警備軍に報告し、時には、味方兵力の配備変更を執拗に要請するような始末である。だが、トルコ軍にとっては、彼等は今や欠かせない情報組織になっている」

トルコ人たちは、激しい民族闘争と栄枯盛衰の長い彼等の歴史を生き抜くうちに、このような国際感覚と情報の知恵とを自然に身に付けたのであった。

このことは、程度の差はあるが、どの西欧諸国民についても同様のことが言えるのではなかろうか。

これに反して日本は、島国で余りにも平和であったので、他国のことに関心を持たない潔癖で孤高を誇るような国民性となり、およそ国際感覚や情報の知恵とは縁遠いものとなったのである。

日米暗号戦争については、人によって見方はいろいろであるが、その勝敗の責任は、両国の暗号当事者だけのものではない。彼等が、如何に解読の困難な暗号を準備し、また、如何に精巧な暗号機械を作ったにしても、前線でこれを使用する一般将士の警戒心が薄く、ミスを重ねるようであれば、彼等の暗号は容易に敵に破られてしまうのである。

つまり、日米暗号戦争は、暗号当事者を含む一般将士の間で戦われ、しかも彼等の心底に潜んでいた暗号の民俗的知恵によって勝敗が決したのではなかろうか。

イ「空母＝訳者あとがき（昭和四十六年四月発行）」

著者・マッキンタイヤー氏は、ヨーロッパと太平洋の両戦場で戦われた空母戦を順序を追いながら、「海戦の主役はすでに戦艦から空母にうつっていた」ことを興味深く、かつ明快に説明している。

しかし、この重大な問題に、日米の軍事指導者たちがはっきりと気付いたのはいつごろであったろうか。これは極めて興味のある問題である。

私は開戦前からワシントンにいて、欧州戦争のなりゆきと、米国民の動きを見守っていたが、昭和十五年五月、ドイツ軍がマジノ線要塞を突破して、雪崩のようにフランスに侵入しパリが陥落した時には、米国民も戦争が身近かに来たことを感じていたようであった。この時、ルーズベルト大統領は「飛行機の年産五万機計画」を発表した。陸海軍は学徒動員を行い、これに見合うように大掛かりなパイロットの養成を開始した。

開戦後、私は交換船で帰国すると、はからずも海軍省でパイロットの人事を担当することになったが、日本海軍のパイロット養成計画が、米国に比べて余りにも小規模であることを知って驚いた。

それで学徒出身パイロットの養成計画を、毎年百人足らずから一挙に三千人に増員するよう提案して、ようやく実現することになったが、時既に遅かった。それは、一人前の空母搭乗員を養成するのには、長い年月を要したからである。

著者（マッキンタイヤー氏）も指摘しているように、激しい空母作戦が行われる度に、国宝のような貴重なパイロットたちが次々と消えていったが、私たちはその補充が精一杯で、生存者の交替までは手が回らなかった。

これに比べて、米軍は養成計画が軌道に乗って、新手のパイロットを幾らでも戦場に送ることが出来た。

日本のパイロットたちこそは、海戦の主役が戦艦から空母にうつりつつあることを早期に予見して、その対策を立て得なかった軍事指導者たちの犯した誤りの犠牲者であった。しかし彼等は祖国のために黙々として最後までよく戦った。

彼等のような勇敢な戦士たちの集団は、過去の戦史にもみられなかったし、恐らく将来も現れることはないであろう。

私は、在りし日の彼等の面影を忍びつつ、今更ながら敬慕の情新たなるを覚える。

ウ「Uボート＝訳者あとがき（昭和四十六年発行）」

ドイツのUボート部隊は、発足当時から終戦まで、生粋の潜水艦乗りであり、天才的ひらめきの持ち主でもある有能な指揮官、カール・デーニッツに指導された。これはUボート乗員たちにとって、誠に幸福なことであった。

Uボートに対する彼の作戦指導方針は、終始一貫、大西洋における連合国の輸送大動脈を切断することであった。そして大きな戦果を納めたのである。

彼は、「潜水艦とは、攻撃力も防御力も貧弱ではあるが、海中に潜ることが出来る水上艦艇である」という考えを持っていた。それゆえに彼は、Uボートを防備の堅い敵艦隊攻撃に差し向けず、防備の弱い船団を狙ったのである。

これとは対照的に、日本海軍の潜水艦作戦は、最後まで敵主力艦の攻撃を主眼としていた。もともと日本海軍の潜水艦は、ワシントン海軍条約で課せられた主力艦に対する不平等な比率を補うものであった。このため潜水艦は、遠く敵地深く潜入して、停泊中の敵艦隊を監視偵察し、敵艦隊が出港すればこれに触接し、機会を捕らえ主力艦に攻撃を仕掛け、味方の主力艦隊と相まみえるまでにその勢力を減殺することが要求された。

飛行機が発達し、レーダーやソーナー（アスディック）が出現した当時、このような潜水艦の使用法は、犠牲のみ多くて効果は少なかった。戦闘体験に基づいて潜水艦の多くの艦長たちが、敵の後方補給船の遮断に作戦方針を変更するよう要望したが、日本海軍の指導者たちはガンとして従来の方針を固持して、終戦に至ったのである。

多くの軍事専門家が指摘しているように、第二次世界大戦は補給の戦争であった。太平洋の戦いでは、アメリカ軍は本国から遠くはなれ、多くの島々を占領し、しかも膨大な物量を消費する作戦を繰り返した。彼等の後方の長い補給線は、確かに弱点であったはずである。もし日本海軍が二千トン級の伊号潜水艦の代わりに、千トン内外の呂号潜水艦を多数建造して米軍の補給線を脅かしたら、戦局の様相は変わったであろう。

しかし、今や原子力潜水艦の出現によって、潜水艦は最も強力な艦種となった。

海上交通線に依存する島国日本の防衛には、この原子力潜水艦に対抗する「キラー潜水艦」の役割は、将来大きくなってくるだろう。

エ「神風特攻隊＝訳者あとがき（昭和四十六年十二月発行）」

古今、洋の東西を問わず、戦争で死を恐れない勇敢な人達の物語が、数多く伝えられてきた。しかし、これらの人達には、たいていの場合十中九までの死はあっても、十に一つくらいの生の望みは残されていたと思われる。

大西海軍中将によって編成された神風特別攻撃隊の隊員たちには、十死があって一生すらなかった。

神風特別攻撃隊は、正式には〈しんぷう〉と読むのであるが、日本海軍でも一般に〈かみかぜ〉と呼び習わされるようになった。そして呼び名が変わったように、その内容も変わり、今日では世間の人達は、危険で体当たり的な離れ業までを神風と呼ぶようになった。本書でも、本来の航空特攻以外の玉砕的攻撃までも「神風」として扱っているが、これらと「神風特攻隊」とは厳然と区別されねばならないと思う。

著者A・J・バーカー氏は、神風特攻隊に対して統率の面からも、またその戦果についても多くの批判を加えながらも、若い生命を国に捧げた神風特攻隊員と回天特攻隊員に対しては、欧米でも大きな尊敬が払われていることを認めている。

特攻隊の成立は、既に傾いていた戦局を挽回する手段として、当時マニラにいた第二十六航空戦隊司令官有馬正文少将が、自ら米空母「フランクリン」に体当たりを敢行し、多くの搭乗員たちの魂を揺さぶった時に始まったのである。

その数日後、航空艦隊の新司令官としてマニラに着任した大西中将は、ただちに特攻隊の編成に着手した。その時から最後の航空艦隊司令長官宇垣中将が、自ら特攻機に搭乗して沖縄海域の米軍に突入して神風攻撃に終止符をうつまでの十か月間の間に、二千数百人の若人たちが散華していったのである。

特攻攻撃については、多くの批判と非難があるが、ただ単に指揮官であるという理由で一〇〇パーセントの死をもたらす特攻を命じられるものではないし、また、命令を受けたからといって、やすやすと死地に飛び込めるものではない。多くの将兵が、長期にわたって散華していったのは、指揮官にも部下にも、共に死に向かって進める共通した精神的基盤があったからである。さらに言うならば、彼等は宇宙の主宰神である天御中主神（あめのみなかぬしのかみ）の応神として、この世に君臨する現人神（あらひとがみ）である天皇に、絶対帰依し奉るという精神的一体感があったからである。

この天皇信仰の大本山である当時の日本の軍隊においてさえ、神風隊員の心境を理解出来るのは、神風隊員自身だけであったといえるのではなかろうか。

当然、私にも神風を語る資格はないといえるのであるが、かって海軍大学校の学生であった二年間に、有馬少将（当時大佐）から親しく薫陶を受け、大西中将には部下として、あるいは幕僚として仕え多大の恩顧にあずかっているので、神風に密接であった両提督の心境の一端には触れたような気がする。

また戦争末期、私は大本営参謀として当時航空艦隊司令長官であった宇垣中将に接する機会が多く、静かな長官の物腰のうちに、既に特攻隊員と同じ心境になりきっておられる様子が伺われたのであった。

昭和二十年八月十五日、宇垣長官が部下たちの後を追って、沖縄海域に突入されたという報告が大本営に入った時、官邸に引きこもっておられた大西軍令部次長のことが何となく気になって、私は同僚を誘って次長官邸を訪れた。

私は、宇垣長官の戦死をはじめ一般戦況について報告した。大西中将は、不断と少しも変わらず淡々と談笑されるので安心して辞去しようとすると、中将は我々を引き止め夕食を共にされた。酒も出て、中将は愉快そうに時を過ごされた。私も、これですべてが終わったという安心感に浸り、夕食を楽しんだ。夜更けて官邸を後にした。

後で思い起こすと、この時中将はわざわざ玄関の外まで見送りに出て、「日本再建のため、しっかり頼む」と言って握手されたのが、いつもと違っていた。

翌朝、出勤して大西中将自刃の報に驚かされた。深い悲しみとともに、自刃の数時間前でさえ中将の真意を知り得なかった不明を恥じたのであった。

神風特別攻撃隊は、指揮官も隊員も一体となって、終始立派な部隊であったと思う。批判は今後も続くであろうが、特攻隊員たちの崇高な自己犠牲の精神は、これらの論議を越えて、長く各国の人士の尊敬を受けるであろう。

第3章 戦後編

二十三、海上警備隊の創設

①戦後の内外情勢

ア　終戦から講和まで

昭和二〇年八月一五日、日本国はポツダム宣言を受諾することに決し、終戦に関する詔勅の発布となり、八月一九日以降米国占領軍の進駐が開始され、次いで、九月二日のミズーリ艦上の降伏調印によって、日本国と連合諸国との戦闘行為は正式に終焉したが、その後約七年の長きに亘って連合国の軍事占領下に、降伏条項を忠実に順守すべき試練の時を迎えたのであった。そうしてこの間、昭和二〇年一一月三〇日には、七十年の伝統ある帝国陸海軍省はその一切の付属機関とともに廃止せられ、その業務は同日新設された復員省によって引き継がれることとなった。一般国民は元より、祖国のために献身してきた陸海軍軍人も、多大の困難と困苦を味わされたのであったが、この間にも国外の情勢は必ずしも平穏ではなく、世界の各地に戦乱が巻き起こされ、特に米・ソ両国の対立抗争は、日本を新たなる西欧陣営の一員として、日本の育成強化の施策を取る傾向を示した。

日本の待望した独立と主権の回復は、昭和二七年四月二八日、米国始め西欧連合諸国…一部の国を除く…との講和条約発効に伴い、漸《ようや》くにして達成された。かくて占領下における日本には、混迷と混乱の裡《うち》に、幾多の変革がもたらされたのであった。

イ　軍事的無力化政策の実現

マッカーサー元帥統率下の陸・海・空軍の兵力は、極めて平穏裏に無事占領のための進駐を完了した。この占領後まず第一に採られた措置は、日本の軍事的無力化の政策、すなわち完全な武装解除、および復員といわゆる軍国主義の抹殺とであった。

復員および武装解除は、既に述べた如く順調に進捗《しんちょく》し、一一月三〇日、陸軍省および海軍省は廃止せられ、業務は新発足の第一・第二復員省によって引き継がれ、これも復員業務の進捗につれて機構は縮小されて、第一・第二復員局となり、さらに昭和二三年五月三一日、厚生省引揚援護庁復員局となり現在に及んでいる。

この、陸海軍の復員および武装解除と平行して、所謂軍国主義の抹殺に関する措置は、日本の民主化の名において峻厳《しゅんげん》に押し進められた。即ち、昭和二一年一月四日の、所謂「追放指令」に基づいて、約二二万人…うち約一八万人は元軍人…が追放せられた時に、日本の超国家主義的、かつ軍国主義的諸団体、諸組織の解体が実施せられた。また、これらの措置と関連し、旧軍人全般に対する報復的処置行為として恩給権が停止せられ、ために戦死した人々の数百万に上る遺家族の生活権まで剥奪せられるに至った。

その反面、戦争中の政治犯人を釈放し、彼等に選挙権と公職に就き得る権利を復活すべき指令が発せられた。また、勝者たる連合国が、敗者に課した戦争裁判があった。

かくて日本の軍事的無力化は急速に進展していった。

ウ　民主化政策の推進

マッカーサー元帥は前述の軍事的無力化の他に、日本の破壊無力化と成盲《ママ》建設のための施策を強引に押し進めていった。破壊、無力化の面では、所謂軍閥・官僚・財閥の解体を中心として進められ、盲成《ママ》建設の面では、所謂民主化を中心課題として進められたが、これらの両面は表裏一体となって、究極において日本と連合国、特に米国に好ましい形態に変革することに通ずるものであった。かくして日本の基本的形態であった軍事・政治・経済の旧制度、機構に対する破壊的荒療治に引き続き、日本民主化の名の下に新憲法の制定、選挙法の改正、農地改革、警察および教育制度の改革、労働制度の確立、財閥の解体、各種統制団体の解散、国家と神道の分離等、一連の政策が矢継ぎ早に具体化されていった。特に新憲法は「天皇の象徴化」「主権在民思想の確立」「非武装、戦争放棄」などを明示したが、それは日本にとって画期的な変革であった。

日本は、敗戦による打撃と経済的困窮とにより、また、外国軍隊の占領下における変態的な政治環境とによって、道義は頽廃《たいはい》し、放縦安逸の気風漲り、ために一時は国家再建の方途《ほうと》を見失ったかの観があった。そうして日本的なものを一切払拭《ふっしょく》しようとする占領政策とも相俟《あいま》って、日本の伝統的な長所をも否定し去るの傾向と相俟って、一時は日本人の精神的背景が根底より揺らいだかの観もあった。

アメリカのルーズベルト大統領は、先に第二次世界大戦後の国際平和を念願して連合国と相《あい》謀《はか》り、一九四五年一〇月にサンフランシスコにおいて国際連合を発足せしめることとなったが、世界の情勢は必ずしも平穏ではなく、支那大陸には国民党と共産党とが抗争を深めて、蒋介石は最後の大陸における拠点である関東（満州）をも捨て、大挙台湾に移動することとなったし、また、インドシナ半島では、植民地開放戦争が勃発し、一九五四年五月には、ついにフランス軍は最後の拠点・ディエンビエンフーを放棄することとなった。また、中東方面においても一九四八年五月、パレスティナ戦争が勃発したが、極東方面でも一九五〇年六月、突如として北朝鮮軍が三八度線を越えて南鮮に突入し、ここに朝鮮戦争が開始される。また、米ソ両大国は、第二次世界大戦後事毎《ことごと》に対立することになった。これらの情勢に鑑み、日本をあくまでも無力化することは得策ではないとの考え方に変わり、日本が西欧諸国側陣営の一員として自立し得るよう育成強化されるように、占領政策もこの線に沿って変更されていった。

エ　占領政策の大綱

連合国の占領政策は、ポツダム宣言を基礎とするものであるが、その具体的指針となったものは一九四五年八月二九日、米国政府によって発せられた「米国の対日管理政策」方針によって実行された。それで連合国による占領とはいいながらも、実際には米国政府の方針によってマッカーサー元帥が占領統括を運営したものであった。その後、極東委員会および対日理事会が設置され、前者は連合諸国一一か国…後の一三か国となり、連合国の対日占領政策の基本に関する指令を、連合国最高司令官に発し、かつ最高司令官の下す決定を再審する権限を持つものであってワシントンに置かれ、後者は米・英・ソ・中国の四か国が参加する諮問機関であって東京に置かれ、その任務は極東委員会の下す決定について最高司令官と協議し助言を与えるものであった。

かくして連合国の日本占領統治、管理は左記のように整備されたが、実質的には従前より米国中心の行き方に変わりはなかった。

極東委員会　↓米国政府　↓統合参謀本部　↓連合国最高司令官　↓日本政府　↓対日理事会

連合国の日本統治は勿論軍事力の威圧を背景とする軍政ではあったが、当時日本の特殊事情、即ち「日本本土が軍事占領されていなかったこと」「軍事力および政府機構が崩壊していなかったこと」「連合国の分割進駐が行われなかったこと」などによって、その統治方式は直接軍政方式を採らず、間接方式により、日本政府を通じて統治する方式を採った。そこで日本の公的諸機関は、その機能を各分野において発揮したが、実際の支配者は勿論連合国最高司令官であったのである。

そして同司令官に対しては、一九四五年九月六日付けの文書において「貴下は貴下の使命を遂行するため、適当と思われるいかなる権限も行使し得るであろう。我々と日本との関係は相互の取り決めによったものではなく、無条件降伏によったものである。貴下の権限は至上であり、したがってその権限の範囲につき日本側に対して何等の疑義を持つ必要はない」と述べられており、最高司令官は日本統治に当たり、天皇その他の政府機関に対しては、便宜の手段として可能の範囲に利用するというに過ぎなかったのである。

かくて占領政策の基本原則は、ポツダム宣言に明示され、その具体的方策の基準は前述の一九四五年八月二九日に米国政府から発出された「米国の対日管理政策要綱」によって明示された。その内容の主たる点は、日本に国際連合憲章の理想及び原則に従い、平和にして責任ある政府を樹立することであり、そのためには日本の武装解除ならびに軍国主義の抹殺を始め、政治・経済その他各般の民主主義的改革を実現するにあった。

②軍備の撤廃と防衛問題

ア　ポツダム宣言の受諾と防衛問題

日本はポツダム宣言を受諾して無条件降伏をすることになったが、同宣言には「日本国軍隊は完全に武装解除せられたるのち、各自の家庭に復帰し、平和的かつ生産的な生活を営むの機会を得しめらるべし」とあるが、当時の海軍中枢部の人達には、占領軍があれほど徹底した軍備撤廃を行うものとは想像していなかったようであった。

私は、占領軍の日本進駐関連業務の折衝のため、マニラに派遣される全権団の一員に加えられたが、その事前打ち合わせ会議などに出席しての感じでは、日本が独立国として残る以上は小規模ながら陸海軍は残るのではなかろうか、また、いったん完全武装解除が行われた後においても、時期を得次第再軍備が行われなければならぬ、と考える人達も少なくなかった。（米内海相も同様な考え方を洩らされたと私は仄聞《そくぶん》している）

イ　占領軍の進駐と日本の防衛

マニラ派遣帝国全権団一行は、昭和二〇年八月一九日マニラに到着して、占領軍命令第一号を受け取り、翌二〇日日本に帰還した。また、占領軍総司令官マッカーサー元帥は、八月三〇日に厚木飛行場に到着して、占領行政が開始された。

占領軍命令第一号による復員と武装解除、ならびに戦力の破壊撤去は、迅速かつ徹底的なものであった。

終戦時における帝国陸海軍現有兵力は、陸軍一五四個師団、一三六個旅団、主要海軍部隊二〇個部隊、合計六九八万三〇〇〇人であり、このうち日本本土上だけでも五七個師団、一四個旅団、四五個連隊、計二五七万六〇〇〇人の兵力が存在していたのであるが、それが一か月半の後、即ち一〇月一六日の、マッカーサーの次のような声明によって日本軍の完全武装解除を全世界に知らせるに至ったのである。

「日本本土全域にわたる武装兵力の解体は、本日をもって完了し、日本軍隊としての存在はもはやなくなった。凡《すべ》ての日本兵力は、今や完全に消滅したのである。……海外の戦場にあるものを含めて、約七〇〇万の軍隊が武器を捨てた。歴史の記録に比類のない、極めて困難でしかも危険なこの仕事が、一発の銃声をも必要とせず、一滴の流血をも見ないで行われた」と。

以上の武装解除努力に加えて占領軍当局は、日本人の国防意識を弱めるためのあらゆる手段を取った。特に軍人とその遺家族に対する年金や扶助料を停止したことは、深刻な社会問題であった。

③ 日本の再軍備禁止と第二復員局の啓蒙活動

ア 新憲法の制定

昭和二〇年一〇月頃、占領軍司令部から日本政府に対して帝国憲法の改正について示唆があり、その後相互間にいろいろの経緯を経て、結局は占領軍司令部で作られた憲法草案に基づいて新憲法が制定され、昭和二二年五月三日から施行された。この日本国憲法第九条には、戦争の放棄、軍備及び交戦権の否認が規定されており、この憲法が存続する限り日本は今後永久に再軍備が不可能な状況となった。

イ 国防問題に関する世論の動向

日本は、占領下にある間はやむを得ないが、平和条約が締結された後においては、独立国としての固有の自衛権は存在するのであるから、当然自衛のための軍備は必要である、とする一部有識者の意見はあったが、マスコミでこれらの意見を取り上げるものは少なかった。日本の政治家は、軍備の必要性は一応認めても、その認識度は元来浅薄であるのに加え、日本の経済的発展に重点をおいて、不人気な再軍備の必要性を説く者はまれであった。

したがって、大部分の国民は、占領政策に同調し、マスコミと左翼勢力の宣伝とによって

「長い物には巻かれよ」の日和見主義に堕して、現憲法を肯定し再軍備反対の風潮に巻き込まれていくのであった。

ウ　第二復員局における再軍備の研究

前述のような国内状況の下で、将来に備えて日本の防衛問題をいかにするかという研究は、旧海軍の残務処理機関である第二復員局（以後「二復」と略す）の取り上げるべき問題とも思われたが、これはなかなか困難な事業であった。

幸い、「二復」の資料課長であった吉田英三氏（海軍大佐…元海将）は、進んでこの困難な仕事に当たることを決意して、上司の許可を得て、昭和二三年始め頃から課員とともに極めて繁忙な本務の傍《かたわ》ら、研究に着手したのであった。（旧海軍残務処理機関における軍備再建に関する研究会…通称Y機構）

④朝鮮事変《ママ》の勃発と再軍備の必要性

ア　警察予備隊の創設

昭和二五年六月二五日、北朝鮮軍が三八度線を越えて韓国統治区域に侵入し、ここに所謂朝鮮事変が発生するに至った。在日米陸軍は、韓国軍を増援するため戦線に送られることになり、その後の空白状態を埋めるために、七月八日にマッカーサー占領軍司令官は、吉田首相に書簡を送り「七万五千人の警察予備隊を作る」よう日本政府に指令した。

その指令には、日本の再軍備を示すような用語は注意深く避けられ、それは飽《あ》くまでも国内治安保持のための警察力の拡充であるとしているが、その編成及び装備は米陸軍方式そのままであって、マッカーサーの幕僚、コワルスキー少将自身の回想録の中でも「マッカーサー元帥は、ポツダムにおける国際協定に違反し、極東委員会の訓令を冒し、日本憲法に謳われた崇高な精神を反故《ほご》にし、本国政府よりほとんど助力を得ずして日本再軍備に踏み切ったのである」と述べている。

また、日本人も警察予備隊を単なる警察力とは考えておらず、さりとて本物の軍隊とも認められず、正体不明のものとして受け取るより他に方法がなかったが、この時から自衛隊の性格不明の悩みが始まるのである。

イ　国防組織の大要

日本の新しい国防組織については、「二復」時代の構想はあったが、その研究は大して深刻に行われたものではなく、その大要は次のようであった。

A　国防軍は陸軍と空海軍との二軍制とし、軍政上は文官である陸軍本部長官及び空海軍本部長官がそれぞれ軍を統率する。

B　軍の統帥系統は、総理大臣より統合参謀本部長を経て、各軍の総隊司令官に至るものとし、文官である国防大臣と陸軍または空海軍本部長官を経由しない。

C　統合参謀本部長は、議長より指揮官の性格が強く、陸軍と空海軍から交互に選出されるものとする。

表一　軍以上の指揮系統図

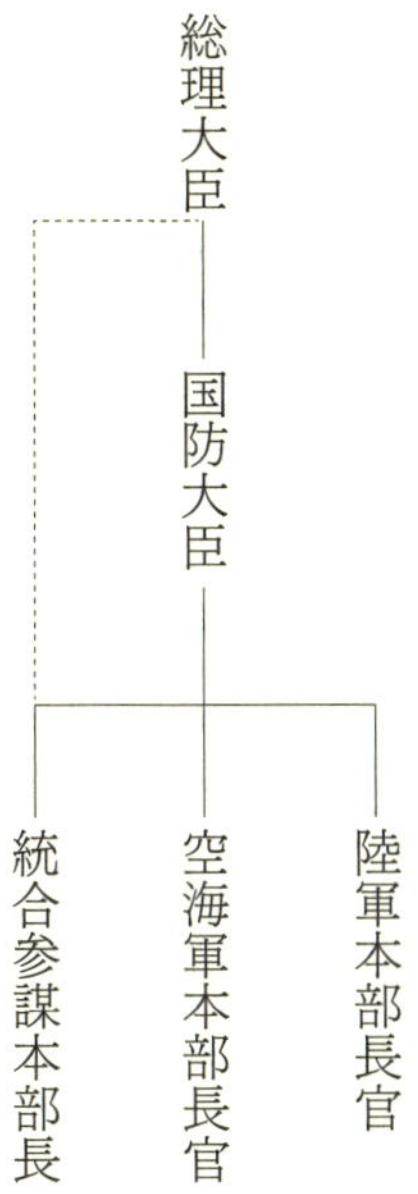

表二　空海軍内の指揮系統図

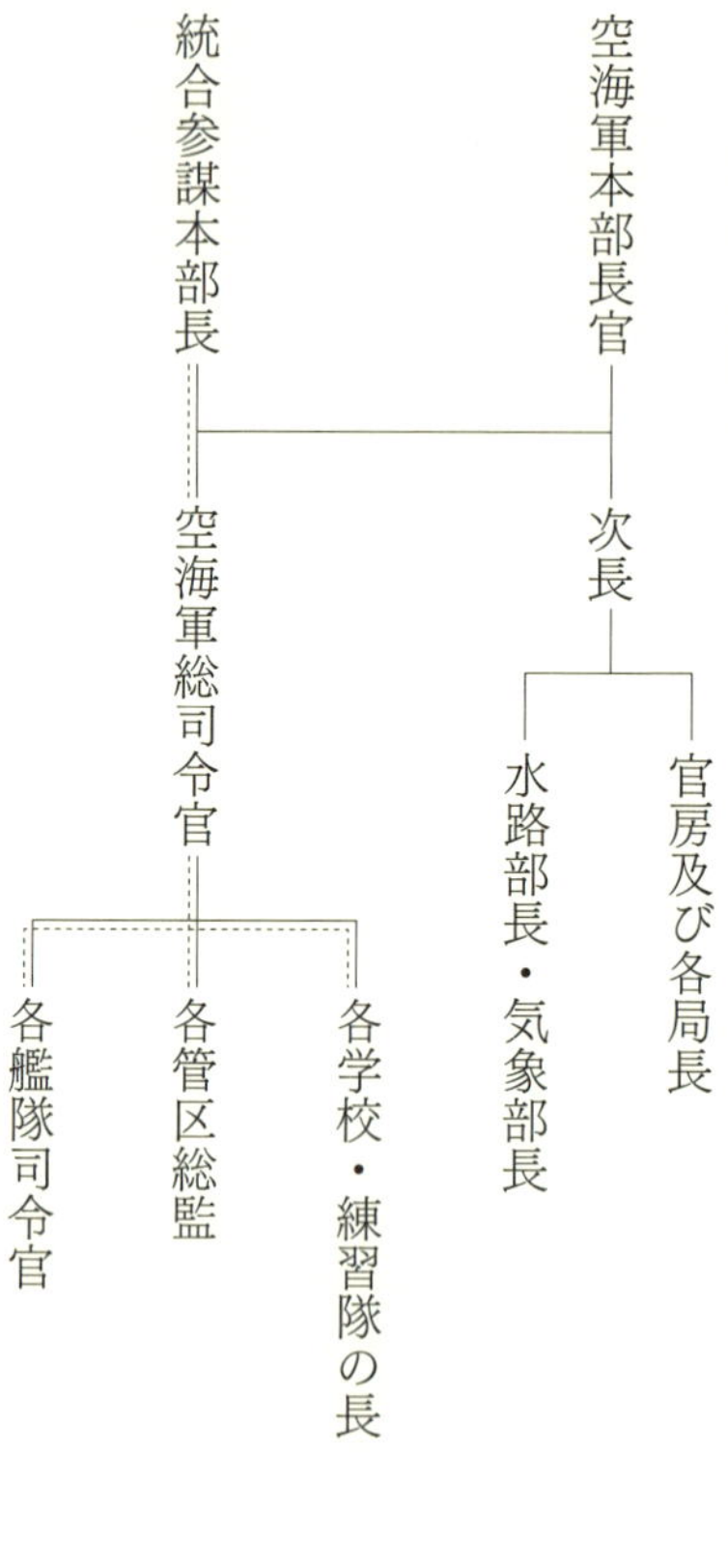

（備考）1、陸軍内の指揮系統もおおむね空海軍のそれに準ずる。
2、国防大臣及び陸軍及び空海軍本部長官の下には、各種の会議（Board）及び委員会（Committee）が付属するが、詳細な研究は未済であった。
3、前図の符号は次のことを示している。
——軍政指揮系統

┈┈┈┈ 作戦指揮系統
文官配置
武官または文官配置
武官配置

ウ　保安庁機構制定の経緯

昭和二七年四月二六日、海上保安庁の中に海上警備隊は発足し、次いで同年八月一日に海上警備隊は海上保安庁から離れて警察予備隊とともに新設された保安庁に編入されることになったが、保安庁機構の当初の構想は次表のようなものであった。

総理大臣——保安庁長官
　├陸上保安隊総監——第一幕僚長
　└海上警備隊総監——第二幕僚長

以上の案によれば、保安庁機構が国防機構に移行した場合、保安庁長官は国防大臣に、陸上保安隊総監は陸軍長官に、海上警備隊総監は海軍長官に、第一幕僚長は陸軍参謀総長に、第二幕僚長は海軍作戦部長にそれぞれ変化し得る性格のものであった。

しかしながら保安庁機構は、国防機構ではなく単なる国内治安機構であり、また機構が余りにも複雑化するので機構の簡素化が考慮されるに至った。そのため、陸上保安隊総監及び海上警備隊総監は、その幕僚機構とともに廃止せられ、第一、第二幕僚長は保安庁長官に直属することとなった。（筆者注：吉田首相は機構簡素化の提案者であったと仄聞する。また、オフスティ極東海軍参謀長も簡素化に賛成であった由である）

⑤掃海部隊と海上保安庁

ア　海上保安庁掃海部隊の朝鮮戦線派遣

朝鮮半島における戦況は、韓国側にとって圧倒的に不利であって、ついには釜山の数哩圏内まで追い詰められるに至った。この窮境を打開するため、マッカーサー元帥は九月一五日に二個師団の米軍を仁川から揚陸する作戦を行い、大成功を納めて北朝鮮軍を南北から包囲挟撃する作戦を実施し、敵に殲滅的な損害を与えることが出来た。

この成功を足掛かりとして、米韓軍は三八度線を越えて北朝鮮の徹底的殲滅を企図し、その目的のために朝鮮半島東岸の元山港から一〇月二〇日を期して第一〇師団を揚陸するとともに、事後は補給港として同港を使用することになった。

米軍は仁川上陸作戦の経験から推定して、元山港にはソ連製の繋維《けいい》機雷や磁気機雷が敷設《ふせつ》されていることが予想されたが、現地掃海任務を担当していた米海軍指揮官の手持ち掃海艇は僅かな隻数であった。そこで米海軍は、これを韓国と日本の掃海艇で増援することにした。米占領軍当局は日本政府に対して、海上保安庁所属の掃海艇を、朝鮮方面海域で掃海業務に従事させる意向を示達《じたつ》した。これを受けて海上保安庁長官は、昭和二五年一〇月二日、大型試航船（水圧機雷掃海用）一隻、掃海艇二〇隻、巡視船四隻、合計二五隻からなる特別掃海隊を編成して、これを下関に集結するように命令した。

特別掃海隊は一〇月六日朝鮮海域へ進出するよう命令を受けた。田村久三氏指揮の元山派遣部隊八隻は、一〇月一〇日現地に到着し掃海作業を実施したが、掃海艇一隻が触雷沈没（殉職者一名）するという、所謂元山事件が発生した。

【参考資料】朝鮮派遣日本掃海部隊

掃海艇など四六隻と一二〇〇名の旧海軍軍人からなる日本掃海部隊は、昭和二五年一〇月二日から一二月一二日までの間に、元山、郡山、仁川、海城、鎮南浦などの掃海に従事して、三二七㎞の水道と六〇七平方マイルの泊地を掃海した。この間、二隻の掃海艇が触雷して沈没し、日本水兵一人が〝戦死〟し、八人が負傷した。この件は当時国民には秘匿《ひとく》されていたから、大久保海保長官は、毎日〝こっそりと〟吉田首相に報告していたという。日本政府は〝戦死者発生時の補償措置を講じていなかったので心配していたのだが、この時は、総司令部公安局の担当者が戦死者の家庭を訪問して、父親に補償金を支払っている。

一九五〇年一二月一五日以降、戦闘が下火になったので掃海隊は徐々に帰国、一二月一五日に正式に「朝鮮派遣日本掃海部隊」の編成が解かれた。

イ　海上保安庁の設置

終戦後、日本海軍が廃止されて、日本沿岸の警備が手薄となると、人員や物資の密入国が盛んになって、それにつれていろいろな犯罪が増え、加えて外国からの伝染性の悪疫が日本国内に侵入することとなった。これがため、日本沿岸の治安を維持するための警備力が必要となったのである。そこで昭和二三年五月一日、即ち日本国憲法施行後一年にして、船舶・航空機などの海上警備力を包含した組織が海上保安庁として発足した。しかしながら、占領軍当局は、その保有船舶の性能などに制限を加えるとともに、海上保安庁法第二五条において、特にこの組織の軍事的性格否認の条項を加えて、日本国憲法の精神から離れることのないように配慮したのであった。

（注：海上保安庁法第二五条【現在も改正されてはいない】

この法律のいかなる規定も海上保安庁またはその職員が軍隊として組織され、訓練され、または軍隊の機能を営むことを認めるものとこれを解釈してはならない）

ウ　海上保安庁とコースト・ガードとの相違点に関する啓蒙

当時日本では有識人の間で、また駐日米海軍の人達の間ですら、日本の海上保安庁を簡単に米国の「コースト・ガード」に相当する組織であると考えている向きが多く、これらの人達はまた往々にして将来日本で再軍備が行われる場合には、海上保安庁が海上防衛力（海軍または空海軍）の基礎となるべきものと考えているようであった。このことは、私たちは日本の国防軍は純粋で、従来からの行き掛かりに捉われないで、新規に独自の姿で発足すべきものであると考えていたので、我々のこの理想実現のためには大きな障害であった。私は駐米時代の体験から、米国のコースト・ガードは、平時は財務長官の管轄下にあるが、戦時または大統領が国家非常事態を宣言した場合には即時に自動的に海軍長官の管轄下に入るべきものであって、元来コースト・ガードは米国国軍の一分力を構成するものであると考えていた。従って、日本の海上保安庁は、同法第二五条によって組織・訓練など各般にわたって一切の軍事的性格を否認されているので、コースト・ガードとは本質的に相違するのである。

以上については、専門家である榎本重治氏によって「海上保安庁とコースト・ガードとの比較について」と題する文書が作られ、これを必要な向きに配付して啓蒙に努めたのであった。

（参考）

昭和二六年の半ばごろ、講和条約準備資料収集のために、米国から日本に派遣されたチームの一員と称するハーマン米陸軍大佐からの情報として、海上保安庁勤務の清水秀政氏（後海将補）を通じて入手した米側の日本沿岸防衛力の強化案では、

A　兵力は駆逐船隊二個船隊宛を日本海方面と太平洋方面に、計四個船隊を配備する。

B　根拠地として舞鶴と横須賀とを整備する。

というものであった。これに対して「二復」では、余りにも素人臭い案なので注目されなかったがこの案は海上保安庁部隊を支援増強して、海上防衛力の強化を図らんとするもののようであった。

エ　「二復」の「研究資料」の性格

「二復」で準備された再軍備構想としての「研究資料」は、昭和二三年初頭頃から「二復」資料課において研究された物を綜合修正したものであった。

しかしながら、この研究資料が「二復」資料課において出来上がるまでには、旧海軍の頭脳とも見なされていた、元海軍中将・福留繁、同・保科善四郎、元海軍少将・富岡定俊、同・高

田利種、同・山本善雄氏の意見も取り入れられたので、これは旧海軍の再軍備構想案と称すべきものであった。「二復」において再軍備の研究を行っていた人達は、前述のような状況の急激な変化については次のように判断した。

A　日本は米軍の占領下にあるにかかわらず、また、戦争放棄、陸海空軍など一切の戦力を保持しない憲法を制定しているにかかわらず、現実における防衛力の必要性の要求から、海上保安庁が出来、また警察予備隊が誕生した。しかしながら、これらの組織が性格上あいまいなため、軍隊としての能率は極めて低いと考えられた。

B　日本の掃海部隊が朝鮮戦線に送られ戦闘行動に参加するに至った事実は、将来日本が占領下にあると否とにかかわらず、また、戦争否定の規定が憲法にあると否とにかかわらず、必要の場合には日本人は戦闘に参加せねばならない場合もあることを示しているのである。即ち、独立国家にとっては、防衛兵力は必要な物であるというべきであろう。

C　朝鮮事変《ママ》を契機として今後は国際情勢は険悪化するであろう。特に中共が昭和二六年中期以後は、何時でも日本の一部または全部を開放すると声明していることは、我々の注目すべきことであって、日本は将来国際紛争の渦中に巻き込まれる公算が大きくなったものと判断された。

D　米ソ、米中の対立に伴って、自由陣営と共産陣営との対立抗争は今後ますます激化するであろうし、また、日本と旧交戦国との間に平和条約が締結されるのも近いと思われるので、日本が再び国際社会に復帰した場合、日本の再軍備に対する国際世論はこれまでのように激しいものではないであろう。それゆえに日本は平和条約締結後、なるべく早い時期に憲法を改正して、再軍備に踏み切ることは可能であろう、と判断された。

E　再軍備を行うには、是非とも旧軍人を活用せねばならないが、そのためには余り時期が遅れては旧軍人の活用が困難になるので、この点からも再軍備の時期は平和条約締結直後くらいが好機のように思われた。

以上、諸項で述べられたような事項を頭の中に描きながら、「二復」で再軍備の研究をしていた人達は、必要な諸資料を整備しながら、これをいかに活用して再軍備の実現を図るべきかについて苦慮していた。

二十四、海上防衛力再建の動き

①終戦処理機構の変遷

ア　第二復員省の発足

永年の間、輝かしい伝統を誇ってきた海軍省も、昭和二〇年一一月三〇日をもって廃止され、即日海軍省の残務を処理すべき第二復員省（以下「二復」と略する）が発足した。また、これと同時に各鎮守府、警備府の後継機関として、横須賀、呉、佐世保、舞鶴、大阪、大湊の六か所に地方復員局が設置されて、旧海軍関係の終戦処理業務が行われることになった。これら新機構の組織は概ね次のようなものであった。

（中央）

- 第二復員省
  - 官房
    - 庶務課
    - 電信課
    - 需品部
    - 史実調査部
    - 連絡部
    - 医務部
    - 艦本整理部
    - 航本整理部
    - 施本整理部
  - 総務局
  - 人事局
  - 経理局
  - 法務局

（地方）

地方復員局
- 総務部
- 人事部
- 需品部
- 経理部
- 艦船運航部
- 掃海部
- 管業部
- 法務部
- 上陸地連絡所
- 地方復員人事部

注1　人事部支部を東京、甲府、千葉、浦和、横浜、広島、佐賀、長崎、京都、大津、福井、奈良、青森に置いた。

注2　掃海部支部を横須賀、呉、下関、徳山、佐伯、仙崎、佐世保、博多、舞鶴、境、敦賀、伏木、新潟、七尾、大阪、大湊に置いた。

注3　大阪復員局には、管業部は置かれない。

注4　上陸地連絡所は浦賀、横浜、仙崎、大竹、下関、門司、佐世保、博多、鹿児島、舞鶴、大阪、大湊、函館に置いた。

これら新機構の職員は、旧海軍省時代の職員の転官によったもので、その要領は海軍省人事局長から次のような電報で部内一般宛に示達され、順調に実施された。

昭和20・11・24
発　人事局長
宛　部内一般
人事局第二三一七〇五番電

海軍省廃止ニ伴ヒ海軍所属人員ノ人事取扱ハ左ノ要領ニヨリ実施セラルル予定

1、一一月三〇日現在内地（朝鮮、台湾、南西諸島、南方諸島、樺太、千島列島ヲ含マズ以下同ジ）ニアル現役軍人ハ当日附予備役編入セラル

2、前号ニヨル予備役軍人ニシテ新設セラルベキ第二復員省、地方復員局、地方人事部ノ職員トナルベキ者及ビ掃海並ニ特別輸送艦船乗員ニツイテハ特ニ招集令状又ハ辞令ヲ用フル事ナク即日（永久服役軍人士官ハ十二月一日厚生省ニ転官）招集ノ上現職続行セシメラル

3、現ニ応召中ノ軍人ニシテ前号ノ職員トナルベキ者ハ招集ノ儘《まま》現職ヲ続行セシメラル

4、前号ニヨリ招集中ノ軍人ハ軍人タル身分ノ儘勅令ノ定ルトコロニヨリ第二復員省、地方復員局人事部又ハ艦船ノ職員トシテ十二月一日附高等武官ハ第二復員官ニ、准士官及ビ下士官ハ第二復員官補ニ各々任ゼラレ兵ハ雇員トナルモノトス

5、文官ニシテ別ニ辞令ヲ発セラレザル者ハ勅令ノ定ルトコロニヨリ十二月一日附ヲモッテ同

官等同級俸ニ依リ現ニ教授、通訳官、司政長官、又ハ司政官タルモノハ第二復員官ニ、書記官ハ第二復員書記官ニ、理事官ハ第二復員理事官ニ、技師ハ第二復員技師ニ、属及ビ編輯《へんしゅう》書記ハ第二復員属ニ、初期、助教、通訳及ビ警査ハ第二復員官補ニ、技手ハ第二復員技手ニ任ゼラル

6、前二号ノ職員以外ノモノハ軍人ニ在リテハ十一月二九日マデニ（特別者ハ十一月三〇日）予備役ニ編入又ハ召集解除、文官ニアリテハ十一月三〇日マデニ免官発令セラル予定

7、内地以外ノ地ニアルモノハ内地帰還解員発令迄現在ノ身分ヲ保有シ且《かつ》従前ノ編成ニ従ヒ現職ヲ続行セシメラル

イ　復員庁第二復員局の発足

内地における海軍軍人軍属の復員は、昭和二〇年九月の第二段解員により大部分復員し、外地における復員輸送も、昭和二〇年一〇月から翌二一年六月までに大部分完了した。

そこで政府は、第一、第二復員省を大幅に縮小して第一、第二復員局にそれぞれ縮小し、復員庁に統合することにした。復員庁の編成は概ね次表のとおりであった。

同時に各地方復員局の地方復員人事部は、勅令第三一八号により地方長官の管理するところとなり、各県庁地方世話部第二世話課となった。

（注）地方復員局は、横須賀、呉、佐世保、舞鶴、大阪、大湊におかれた。

- 復員庁
  - 総裁官房
  - 第一復員局
  - 第二復員局
    - 連絡局
    - 留守業務局
    - 復員通信部
    - 地方復員局
    - 船舶残務処理部

ウ　総理庁第二復員局の発足

復員及び終戦処理事務の進捗に伴い、昭和二二年一〇月一五日政令第二一五号により復員庁は解体され、第一復員局は厚生省に移り、第二復員局は総理庁に移された。第二復員局が総理庁に移管された主な理由は、第二復員局には引き上げ輸送、艦船保管、航路啓開等、他の省庁の所掌に属さない現業部門をもっていたためである。

エ　第二復員局残務処理部及び掃海管船部の発足

第二復員局が総理庁の所管となっていたのは僅か二か月半くらいにすぎなかった。政府は昭和二二年一二月三〇日政令第三二五号をもって「第二復員局及び地方復員局に対する措置に関する政令」を公布し、昭和二三年一月一日から第二復員局を解体して厚生省及び運輸省に分割配分し、厚生省では復員局残務処理部として、運輸省においては海運総局掃海管船部として、それぞれ新発足することとなった。本件は、政令第三二五号によって次のとおり説明されている。

「第二復員局及び地方復員局が掌《つかさど》っていた事務のうち、掃海及び船舶の保管に関する事務、並びにこれらに関連する事務は、これを運輸大臣の管理に、その他の事務は、これを厚生大臣の管理に属させる。厚生省第一復員局は、その名称を厚生省復員局と改め、従前の事務の他、前項の規定により厚生大臣の管理に属された第二復員局の事務を掌る。地方復員局は、その名称を地方復員残務処理部に改め、第一項の規定により、厚生大臣の管理に属させられた地方復員局の残務の処理に関する事務を掌るものとし、これを厚生省の所属機関とする。前二項の部局及び機関の職員の官名、定員及び所掌事項は、従前の例による。第一項の規定により、運輸大臣の管理に属させられた第二復員局の掌っていた事務を掌らせるために臨時に運輸省海運総局に掃海管船部を置く。」

なお、この頃の復員機構の縮小、同職員の解雇整理は、連合国軍司令部の指令として実施された。従って、残務の有無を問わず、復員機構の縮小は計画的に漸減されていった。

オ　第二復員局残務処理部の変遷

昭和二三年一月一日、厚生省復員局内に第二復員局残務処理部が発足したのは前述のとおりであったが、当時の職員数は、中央、地方併せて二六八六名でうち元軍人は五六四名であった。同部は昭和二三年五月一日、引上げ援護庁発足とともに同庁に移され、昭和二九年四月一日、同庁は厚生省引揚援護局となった際、第二復員局残務処理部は同局の業務第二課及び審査第二課に縮小された。

昭和三六年六月一日、引上げ援護局は援護局と改称され、同時に審査第一課は審査第二課と合併して審査課となり、現在（昭和五三年一月）に至っている。

カ　地方復員残務処理部の変遷

昭和二三年一月一日、厚生省復員局の地方機関となって以来、年を追って規模が縮小され、昭和二九年四月一日に地方復員部と改称された。

大湊地方復員局は早期復員事務を完了し、残務処理部、復員部の時代を経る前の昭和二二年三月三一日に廃止され、残務は横須賀地方復員局に送られた。

舞鶴地方復員部は、昭和三〇年七月一一日に廃止され、残務は全部横須賀地方復員部に送られた。

横須賀、呉、佐世保各地方復員部は、昭和三四年一一月一五日付けで廃止され、残務及び資料は厚生省援護局業務部第二課に送られ、地方における海軍の復員機構は消滅した。

キ　掃海管船部の変遷

昭和二三年一月一日、運輸省に移った掃海・管船の業務は、海運総局掃海管船部で実施されたが、昭和二三年五月一日に、海上保安庁の発足とともに同庁に吸収され、同庁保安局掃海課となった。

昭和二五年一一月三〇日、この掃海課は航路啓開部に格上げとなり掃海業務を実施したが、昭和二七年八月一日の保安庁発足と同時に航路啓開隊として同庁に吸収された。

以上が終戦から保安庁発足までの日本海軍機構の縮小課程の概要である。

②教育訓練計画

ア　Y機構要員に対する教育方針

Y機構要員として新たに入隊する士官及び下士官・兵に対しては、次のような二つの大きな教育方針があった。

その第一は、終戦後七年間にわたって多くの人達は、その日の生業《なりわい》に追われて他を顧みる余裕がないのが一般であったので、その間における社会の動きや国際情勢の変化などに対応する教育を行わんとしたことであった。

これがためにはまず入隊後三か月間の講習を士官及び下士官・兵ともに課したことであった。その第二の方針は、いたずらに旧海軍の伝統や風俗習慣に囚われることなく、一旦《ママ》は世界最強と見なされている民主陣営の強国である米国海軍の制度、方式、技術などを虚心坦懐に学んで、これを学び取りその上でわが旧海軍の長所《ママ》を反省して、これに加えてさらに一段とよりよき海軍を建設しようとしたことであった。そのためには、教育科目の選定には意を用い、米海軍の意見をも確かめ慎重に決定した。教育科目の概要は次のようなものであった。

A　教養科目（一般）

＊日本国憲法
＊日本の行政組織
＊海上保安庁法、Y機構の制度組織。
＊国際法
＊警察予備隊の制度、組織。
＊共産主義

＊ソ連事情
＊中共事情
＊国際及び国内経済
＊国際及び国内海運事情
＊国際及び国内漁業事情

（選定の理由）

最初に教育する五六〇名（注：最終的には二九〇名となる）は、全部現海上保安庁の職員中より銓衡《せんこう》した者であるが、その後に教育を行うものは、民間一般より募集採用する者であって、彼等は終戦以来七年間、国内のあらゆる悪条件の下に生活し、一般に生活手段以外殆ど他を顧みる余裕がなかったものと推察される。この間、国際情勢、並びに国内の制度、組織、思考、文化などに一大変化があったので、これら採用員に対しては、軍事学の他に一般教養科目を教育する必要が特に大きいものと認められる。

B　教養科目（米国関係）
＊民主主義

＊米国史及び米国国情一般
＊米国憲法及び米国行政組織
＊米国国防組織一般
＊米国海軍の沿革、制度、組織
＊米コースト・ガードの沿革、制度、組織及びオペレーション
＊部下教育指導法

（選定の理由）

日本国内の諸情勢の一大変動期において、今後Y機構の健全且つ迅速な発展を図るためには、是非とも先進民主主義国家である米国の国情を虚心坦懐に取り入れ、次いで日本の国情、並びに国民性に適合する最良案を案出する必要がある。以上の理由に基づき、我々は米国の諸制度、諸方式の修得に、特に重要な関心がある次第である。

［注］米海軍に対して「わが方で選定した科目で修正又は追加するものがあれば知らされたい」旨を要請したところ、「異議ない」旨回答があった。

C　軍事学（戦略戦術関係）

＊戦略戦術の趨勢
＊海戦術一般
＊海上護衛要領一般
＊潜水艦戦術及び対潜水艦戦術
＊航空戦術及び対空戦術
＊最近における各種兵器進歩の状況
＊上陸作戦及び同上陸阻止作戦

（選定の理由）

Y機構要員中には、第二次世界大戦に参加した旧海軍軍人も相当数包含されることが予想されるが、彼等は一応旧次代の兵術思想を保有し、今後もその先入主（先入観）に支配される虞《おそれ》がある。この際、原子力時代における兵術思想進歩の趨勢《すうせい》を教育して、彼等の旧観念を払拭しおくことが彼等の今後の進歩発展に貢献する所大であると思考される。

D　軍事学（術科関係）
＊機雷掃海

＊砲術一般
＊爆雷術
＊測的術
＊通信術
＊機関術
＊応急術
＊航海、運用術
＊経理補給
＊戦務

（選定の理由）

Y機構要員中には、商船学校又は一般民間大学出身の比較的軍事学の素養浅き者も相当多数包含される予定なので、彼等に可及的軍事学修得の機会を与えるために今回受け取る艦艇の運用に直接必要でない教科科目及びその学習内容も若干包含せしめることとした。

E　教練・実習

＊陸上教練
＊配置教育
＊部署教育
＊出動訓練
＊教練投射
＊教練射撃
＊船体、機関、兵器、施設の構造取り扱い、整備

（選定の理由）

陸上教練は、Y要員の艦内及び陸上における各個並びに部隊の動作を規制し、且つ規律の基礎となるものと思考し、米陸軍の様式を採用した警察予備隊より教官を求め、米陸軍方式を取る予定である。また、配置教育、部署教練及びその他の諸教練においては、米海軍の諸方式を採用する予定である。

［注］陸上教練方式が米海軍と米陸軍との間に著しい相違がある場合、陸上教練の教育を如何《いか》にすべきやについて研究の助言ありたい旨を米海軍に要望したが、「米陸軍方式で差し支えない。米側からも必要とする教官を派遣する」旨の回答があった。

イ　教育機関の設置について

A　Y機構の入隊講習

Y機構が発足するに当たって、新たに各方面から入隊するY機構要員に対しては、入隊後に当初は横須賀、呉、佐世保、舞鶴、大湊の五か所において、約三か月間の講習を行う予定であったが、その後施設の取得難や、Y機構に対する予算、人員などの大幅削減等もあって、Y機構要員に対する初度の講習は、横須賀と舞鶴の二か所で行うこととなった。

B　術科学校

以上の講習が修了して、Y機構に全員が配される予定の昭和二八年上半期頃には、術科学校一校をまず開校して士官並びに下士官・兵に対する術科教育を開始する予定であった。［注］海上警備隊術科学校は昭和二八年九月一六日に横須賀に開設された。

C　Y機構兵学校

また、士官要員の補充計画は、改めて立案することとし、差し当たり将来Y機構士官要員補充のため、昭和二七年四月に海上保安大学校に、学生約五〇名を追加採用することとした。しかし、その後におけるY機構士官要員を、どうして補充するかについてはまだ成案がなかった。

これについてはY委員会でも議論が分かれる所であって、昭和二六年一一月二一日のY委員会でも次のような議論があった。

三田委員

予備隊の諸学校は、海上保安庁の現学校（保安大学校など）と一緒にすべきである。現在の学校でも精神教育には不安はない。分立して将来対抗意識を生むことは国家のためではない。将来予備隊が海上保安庁から分離する時に分かれるのが適当である。

山本委員

予備隊が恒久的なものであれば一緒であるべきであるが、将来海軍となるべきものであればどうなるか。

三田委員

軍備が出来たとしても、思想の一致を必要とするから一緒の方が良い。特に巡洋艦や駆逐艦が出来るとは思えないから一緒で良い。

長沢委員

下士官・兵の学校はどうなるのか。

山本委員

本問題は困難な問題であるから今日簡単には決められない。

長沢委員

現在は小さな船だから学校も一緒で良いと考えるかもしれないが、原則として職業軍人と非職業軍人の教育は別個にすべきである。

三田委員

航空機の発達に伴い、将来海軍艦艇は海上護衛位ではなかろうか。

長沢委員

旧海軍の予備員教育には悪いところがあったと思うが、原則として戦争の選手たる軍人の教育は別であるべきである。

山本委員

差し当たり、海上保安庁の現教育機関との関連を研究することとする。「決定」

Y委員会の議論は、以上のように何等の結論を得ずに終わったのであるが、その後昭和二七年三、四月頃となるや、Y機構（海上警備隊）は、警察予備隊とともに保安庁を作ることとなり、両者合同して一つの士官学校を持つことになった。これが候補地としては警察予備隊方面では朝霞キャンプを強く押したが、Y委員会では朝霞キャンプは内陸に偏し、海岸に面してい

ないことで強硬に反対し、横須賀走水地区に落ち着いたのであった。【校訂者注：現防衛大学校】

また、教科内容などについても山本委員が「保安大学校に関する意見」を提出し、意見を主張したのであった。

Y機構大学校については、Y委員会当時はまだ構想がなかったが、その将来の場所として、総監部の用地とも併せて目黒の旧海軍大学校、又は築地の旧海軍経理学校、品川の海軍経理学校が適当なりとし、これが解除入手方を米軍に要望していた程度であった。

Y委員会：右から三人目が寺井

ウ　部隊の練成計画

米国からの貸与艦艇に対しては、速やかに充員し訓練を行い、練度の向上を期待していたが、艦艇の日本到着時期が遅れたり、また予期しない時期（昭和二七年四、五月頃）に、ＰＦが時期を繰り上げて貸与されたりするなどで、訓練は予定の計画を大きくくずれ、当初計画では二七年中期ごろには、少なくともＬＳ五隻程度は常時可能のように計画していたが、これが遅れ実際には二七年終わり頃となってPF四隻が動ける状態となっていた。

貸与されたフリゲート艦上で、木村長官に説明する寺井

③日本の航空軍備再建を促進させるための構想

ア　航空軍備再建の必要性と困難性について

島国である日本の防衛には、航空軍備に最重点がおかれねばならないことは戦争の教訓から見て明らかなことである。それゆえに「二復」での再軍備研究以来我々は、日本の再軍備は、陸軍及び航空兵力と海上兵力とを合体した空海軍との二軍併立方式を提唱してきたのである。

しかるに、陸上兵力は警察予備隊によって、また海上兵力は目下Y機構兵力（後に海上警備隊となる）として発足しつつあるが、航空兵力の発足は、いまだその片影すら認むることが出来ない。それには次のような困難性があるからであろう。

A　米国は日本に航空防衛力を建設して、これをパートナーとして協力し、依存する考えを持っていないこと。

B　連合国、特に英、豪、比、インドネシヤ等は、攻撃的性格の強い空軍力を日本が保有するのを好まないこと。

C　終戦後の航空関係兵器、技術の進歩発達が特に著しく、これが皆無状態にある日本での航空軍備を再建するのが困難であること。

D　日本の飛行機生産能力は徹底的に破壊撤去されて、その再編成は極めて困難であったこと。

現在は日本の航空軍備再建に必要な基幹要員を旧陸海軍軍人中から十分に求めることが出来るが、時期が遅れる時は困難となる。特に飛行機搭乗員の老齢化することによる条件の悪化は、致命的となるであろう。それゆえに航空軍備の発足は急を要するのであった。

イ　航空軍備再建の推進策

米海軍からの艦艇貸与によって、わが海上防衛力の発足を見るに至ったが、元来空海軍思想を持っている我々にとっては、この発足は跛行《はこう》的で不満足なものであった。

それゆえに航空軍備に対するわが方の考え方を米海軍当局に明示して、これに対する米海軍の反応を見ることとなり、「航空軍備建設に関する研究」という文書をCNFEに提出した。この文書の要旨は次のようなものであった。

A　日本の防衛に必要とする航空機のうち、日本で保有すべきものは各種飛行機合計二二〇〇機である。

B　以上兵力に充当すべき搭乗員は、現在ならば旧陸海軍パイロットの生存者で十分要求に応ずることが出来る。

C　航空兵力の整備発足は早急でなければならない。

D　新空軍には、海洋的性格を付与する必要がある。換言すれば新空軍は、海洋と一体となった空海軍制度を理想とする。

以上のような当方の提案に対する米海軍の反応は鈍く、海上警備隊設立以後においても、当方からの航空機貸与要請がしばしば行われたが、練習機、対潜機の貸与が具体化したのは昭和二八年以後となってからであった。

原田貞憲元陸軍少将ら、旧陸海軍航空関係者で航空軍備再建を研究しているグループがあったが、この人達が極東空軍と接触するために必要な資料の提供を私に要請された。

私は上司の同意を得て、前述の「航空軍備建設に関する研究」を極東空軍に提供することになった。その狙いとするところは、

A　日本の空軍の再軍備の必要性を、米空軍首脳部に訴え、その反応を見ること。

B　当方の空海軍思想に対する米空軍の考え方を打診すること。

C　所要兵力量とその根拠を明示して彼等の忌憚《きたん》ない批判を仰ぐこと、

などであった。

文書提出後、彼等と打ち合わせの上、原田氏と私は極東空軍司令部に出頭して、米空軍当局者の意見を聞くことになった。

昭和二七年四月頃出頭して、参謀長スマート少将、参謀副長チンメルマン准将が私たちと会見して提出書類について、二、三彼等から疑問点を質問した他は、彼等からの意見は何等述べられなかった。彼等の意見は次回の会見の際述べるということで別れたが、その後会見は持たれなかった。しかしながら極東空軍の動きは、そのご活発化したように見える。そしてその翌年の昭和二八年一〇月八日付けの手紙で、ウェーランド極東空軍司令官は、木村防衛庁長官に対して「陸海の航空部門を将来発足するであろう空に、全て統合するのが望ましい」と述べるまでに積極的に空軍再軍備の方向に動きだしたのである。

［注］私らが極東空軍に出頭した際、米側が意見を述べなかったのは、文書を書いたのが私であり、空海軍思想は彼等の好むところではなかったからではないか？　と私は推測していた。

二十五、海上自衛隊時代の回想

戦後の略歴

昭和二〇年一〇月一日付で補・海軍省出仕、「作戦関係資料蒐集委員会幹事」を命ぜられ、同年一一月三〇日付で「予備役被仰付」となり同日付で「充員招集」、翌一二月一日付で「勅令第六八六号により第二復員官（四条）」、「補第二復員大臣官房史実調査部部員」となる。その後、復員局勤務、昭和二七年五月一五日付で海上保安庁に出向、同日付で「海上警備官・一等海上警備生（現在の一等海佐）」、海上警備隊総監部警備部警備課長に就任。八月一日「第二幕僚監部警備部警備課長」、昭和二八年八月一六日付「警備官補」、一〇月一六日付「第二幕僚監部警備部長」（昭和二九年七月一日付で、自衛隊法施行により、「海将補・海上幕僚監部防衛部長」と改称）、同年九月二〇日付で「佐世保地方総監」に転出。

佐世保総監時代の昭和三二年六月二五日から七月下旬までの間、アメリカ合衆国に出張。

【校訂者注：その際のターナー大将とニミッツ元帥との対談記録を重複するが掲載する。】

①ニミッツ元帥とターナー大将訪問記

私の今でも強い印象に残る出来事は、私が佐世保総監時代に米国視察を命ぜられた際、好機を利用して日米戦争の敵の総帥ニミッツ元帥と、ガダルカナルから沖縄まで終始一貫敵の水陸両用部隊の総指揮官として、我軍を悩ましたターナー大将とに会見し、日本海軍に対する批判・意見を承る機会を得たことであった。

ア　ターナー大将訪問

それは六月二七日（木）の晴れた朝であった。私たち一行は、「モンテリー」に隠棲中のケリー・ターナー大将を訪問した。

大将は戦争勃発当時、米海軍の作戦部長（ディレクター・オブ・ウォー・プラン＝日本海軍の軍令部第一部長に相当する官職と思われる）の要職にあった人であった。私は、戦前武官補佐官当時、数度お会いしたことがあり面識があった。私は、開戦後、閣下が水陸両用部隊指揮官となられたのは、恐らく閣下が自ら志願して、平素自ら計画された両用作戦を実行に移さんがためであろうと、かねてから想像していたので、面談の始めにそのことを尋ねると、大将は直接それに答えず、「あの時は私の親しい友人たちが気違い（クレージー）と私のことを言った」と間接的にそれを肯定された。

そこで「閣下が作戦を通じて感ぜられた日本海軍の弱点は何ですか?」と尋ねると、即座に閣下は、

「*潜水艦の用法を間違ったこと。

即ち、その用法は防御的(ディフェンシブ)ではなく攻撃的(オフェンシブ)に使用したが、防御厳重な艦隊の攻撃に使用したのは悪い。(ディフェンシブとは、米軍進攻の後方の補給線の遮断を意味するのか? との質問に対し、「然り」との回答があった)

*日本は補給線の確保に失敗した。特に飛行機の支援が十分でなかった。また、護衛艦の付け方が不十分であった。

*日本の空母も戦艦も巡洋艦も駆逐艦も良く戦った。しかし、作戦指導の面において、若干物足らないように思う。

*ガダルカナル争奪戦で、米軍が足場を築き、相互の補給の競争となった時、そのバランスを十分分析検討すれば、もう少し早めにガダルカナルを放棄して早めにニューギニア、マーシャル、あるいはマリアナ方面を固めるべきであった。これらの地域の戦力が貧弱で脆《もろ》かった。

*マリアナ戦の時は、私は日本海軍は総力を挙げて出撃するものと固く信じていた。勿論緒戦で、ガム島で多数の飛行機を損耗したのでやむを得ない事情があったのかもしれないが。

*しかし、大局から見て日本は熟練した搭乗員を失ってしまったことに敗戦の大原因があっ

たと思う。緒戦の飛行機搭乗員は、米国のそれに比し優秀であった。また、ゼロ戦も優秀な飛行機であった。それに比べれば日本側の搭乗員の養成計画は不徹底なものであった。米海軍は、搭乗員の養成に最優先をおいた。それで搭乗員は戦後余って困るような状態になったので、再教育を行って砲術、航海、応急など、一般兵科士官に再教育を行った。そして航空以外の配置に付けたほどであった。

＊日本海軍の作戦計画は、一応筋が通っていると思うが、兵力の実情に適合したものであったかどうかは分からない」。

私は口を挟んで「応急（ダメージ・コントロール）の点においては、日本は米側よりも著しく劣っていたように思うが、これに関する閣下の所見はいかがか？」との質問に対しては、次のような回答があった。

「＊米側も最初は日本と似たり寄ったりで、甚だ拙劣であった。ガダルカナル戦の最初の頃は、ガダル、ツラギ、イサベル諸島を結んだ海域のことを鉄海底（アイアン・ボトム）と呼んだ程たくさんの艦船が沈んだ。

＊しかし、これが刺激となって、米海軍は応急の徹底的な対策を講じてその成果が逐次現れた。ガダル戦は、米海軍に応急を教えてくれた。応急の責任者をファースト・ルテナントから、

チーフ・エンジニアに移したのもその一例である」。

なおも閣下は語った。

「＊日本の雷撃機は、その魚雷と共に称賛されるべきである。レンドバ上陸の際、私の旗艦に魚雷を四発命中せしめてこれを撃沈した。雷撃機は、猛烈な対空砲火と防御戦闘機の反撃交戦を排して攻撃を敢行したのであった。

＊私の麾下《きか》のみの兵力（サポート・フォーセスを含まない）は、艦艇は二五、〇〇〇隻、艦艇の人員は四五〇、〇〇〇人（内士官三五、〇〇〇人）、従って、その損害も大きかった」。

（筆者注：麾下兵力は聞き違いなどのため、若干の誤差あるやも知れず）

私はそこで重ねて次の様な質問をした。

「閣下が作戦部長として対日作戦を自ら計画されておられ、米軍にとって戦況が最も不利な時期に自ら志願されて、水陸両用部隊の指揮官となられたものと推測するが、実情はどうだったのですか？」と。

するとこの場合も先の回答と同じく「私の戦友たちは皆気違いと言った」と話され、間接的に私の想像を肯定された。

ターナー大将の豊富な体験談は尽きなかったが、次の予定があるので心ならずも辞去したのであった。

イ　ニミッツ元帥訪問

それは昭和三二年七月一七日（水）の晴れた朝であった。午前一〇時三〇分、私は同行の防衛局第二課長永見昌二氏と共に、米側から差し出された副官を従えて、サンフランシスコ湾を一望瞰下《かんか》するバークレイ市の小高い丘にある元帥の官邸にお伺いした。

官邸の門扉の上には、潜水艦の形象が載せられ、また、丘の中程には、潜水艦の形をした風見があって、元帥は潜水艦乗りとして終生を献身された人柄を端的に表示するものであった。

元帥は外に出てこられ、気軽に我々を迎えられ、まず元帥の方から話しだされた。

「私は若い時から何回も日本へ行ったことがある。第一回目は少尉候補生の時、即ち明治三九年頃であったと思うが、その時は日本の陸海軍首脳が多く参加した日比谷公園でのパーティであったが、たまたま東郷元帥は私たちのテーブルに座られ、旅順から運ばれたというシャンペンの杯を上げ、直接元帥に接し深い感銘を受けた。その時の東郷元帥の颯爽《さっそう》とした英姿が今も眼前に浮かぶようである。その後も元帥の葬儀に参加し得たのは不思議な縁であった」と。

そこで私は話題を変えて「元帥のご経験から見て旧日本海軍の欠点（ウィークポイント）で

あったと認められるものを指摘して頂きたい」と申し上げると、元帥は即座に、

「＊ノー・ウィークポイント、欠点はなかった。私は、日本海軍は編成装備、訓練ともに立派な強い軍隊であったと思う。特に夜戦能力は素晴らしい（エクサレント）ものであった。
＊ただ惜しむべきは、海軍は政治の力が弱く、陸軍のために欲しない戦争を強いられた。欠点はむしろこの点にあったのである。
＊強いて作戦指導上の細かい点まで挙げるならば、補給の問題を慎重に考えないで手を広げ過ぎた嫌いがある。その結果、随所に陸軍が孤立する結果となった。この点今少し慎重に小じんまりやれば宜しかったと思う」。
そこで私は、「日本の新海軍に対する忠告はありませんか？」と尋ねると、

「特に陸海空三軍は、仲良くされたい。特に戦前のように陸軍だけが強力な政治勢力となって他軍を圧迫することのないように。

また、日米海軍は仲良くやって貰いたい。そうして平

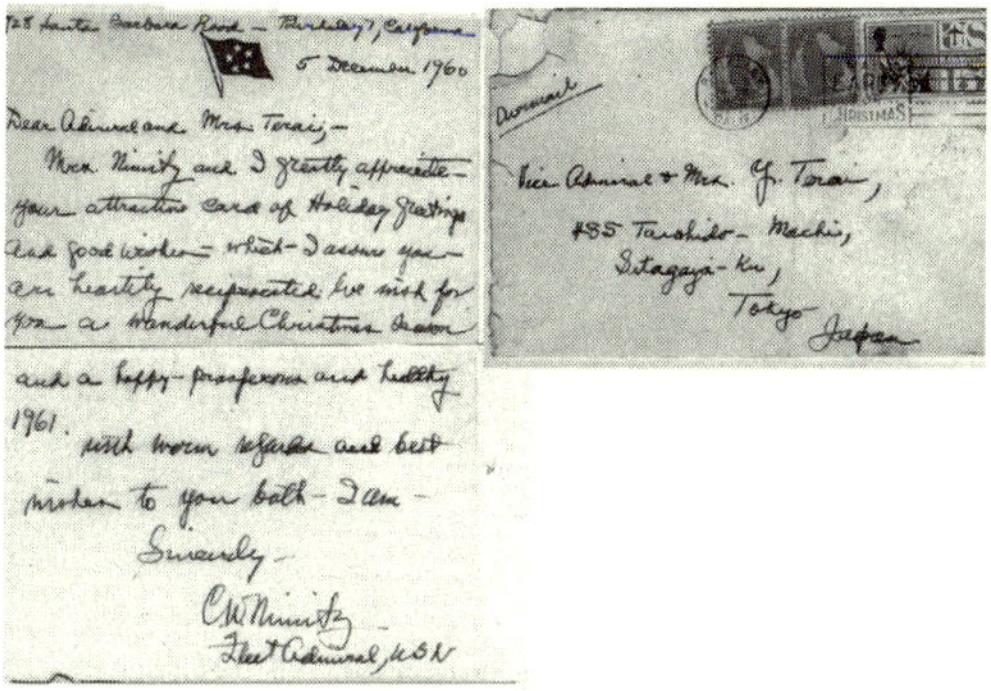
5 December 1960

Dear Admiral and Mrs. Terai;—
Mrs. Nimitz and I greatly appreciate your attractive card of Holiday Greetings and good wishes — which — I assure you — are heartily reciprocated. We wish for you a wonderful Christmas season and a happy — prosperous and healthy 1961.
With warm regards and best wishes to you both — I am —
Sincerely —
C.W. Nimitz —
Fleet Admiral, USN

ニミッツ元帥からの手紙の一部

和を長く保つように。また、米国でも貧しい人がたくさんいる。出来ることなら軍縮をやって軍事費を減らす状態に持って行きたい」。

私は時間もだいぶ経ったことだし暇乞いをした。その際、日本の練習艦隊は近くサンフランシスコにも立ち寄る予定なので、その際閣下は是非艦隊に立ち寄られ、若い少尉候補生たちに是非とも閣下の印象（インプレッション）をお与え下さるようお願いして辞去した。元帥は外に出て、丘の上まで足を運ばれ我々一行を見送って下された。

②名将の責任感について

私が横須賀地方総監の時、「記念艦・三笠」の復元工事が始められた。その頃のある日、日露戦争当時、三笠乗り組みであったという一老人の訪問を受けたことがある。

彼の東郷元帥の思い出話の中で、ある時、用事で長官公室に入ろうとすると、正装を着用された長官が「御真影」の前に立たれ、何事かを「陛下」に言上中の様子であったので、急いでその場を退出したとのことであった。

私には、この物語は、国家の運命が双肩にかかっている重い任務に真っ正面から真剣に取り組まれている東郷元帥のお姿が浮き彫りにされている様で感慨深いものであった。

そしてその後、戦いを終えて故国に凱旋し、連合艦隊の任務を終了して、その解散を行うに際してまでも、部下将兵が戦勝に奢ることがない様にと「勝って兜の緒を締めよ」と戒められているのであるが、これは事成就しても尚《なお》息まざる体の元帥の責任観念の強さと慎重さを示したものであって、凡将の到底及び得ないところではなかろうか。

私は戦後海上自衛隊から米国視察のため派遣された際に、幸運にも戦争中、米太平洋艦隊長官であったニミッツ元帥と、ガダルカナル島から沖縄までの上陸作戦で、常に水陸両用部隊を指揮した勇将、ターナー大将との二提督と親しく面談することが出来たが、これは私にとって有益なことであった。

サンフランシスコ湾を一望の下に見下ろす丘の上に立てられた白亜の官邸で、元帥は玄関まで出迎えられて、私たちを書斎に通されてから、物静かに諄々として語り出されたが、特に興味深く感ぜられたのは、元帥は若い頃から東郷元帥を尊敬しておられ、東郷元帥についてのいろいろな話が次々と出されたが、小柄で白髪童顔の老提督が、静かに語り続けられる様子を見ていると、何だか東郷元帥が後輩の私に語りかけている様な錯覚さえ覚えるのであった。

私は話の切れ目を待って、多少改まって元帥に次の様に話しかけた。

「閣下は、戦争中は、我々の敵国海軍の総司令官であったが、今や平和は回復され、日米両国は友好国となった。我々は閣下に対して尊敬こそ払うが、いささかも憎しみは持っていない。日本は終戦と共に海軍を失ったが、今や我々は、いろいろ困難な状況下において自衛隊を建設するという責任を負わされている。希《ママ》くば私どもの参考のために、閣下が米太平洋艦隊長官として、日本海軍を相手にして四年間戦われた経験に基づいて、日本海軍の弱点がどこにあったのか率直に示していただければ、この上ない幸福であります」。

元帥はニコニコ笑いながら即座に「弱点はなかった」と答えてから、静かな調子でしみじみと次の様に語られるのであった。

「私は日本海軍は装備の点でも、訓練の点でも、誠に立派な強い軍隊であったと思う。特に夜戦の術力は素晴らしいものであった。私は自分の艦隊に対して、日本海軍の夜戦術力程度にまで到達する様訓練せよ。と命令した程であった。従って私は日本海軍に対しては、終戦の日までは一日といえども決して油断することはなかったのである」と述懐された。このニミッツ元帥が、最後の日までは寸毫《すんごう》の油断もなく任務に邁進された心境は、東郷元帥の心境とその軌を一にするものであって、戦勝に次ぐ戦勝にもかかわらず、心の奢りを見せず、ますます兜の緒を締めた元帥の心構えには深い感銘を受けるのである。

ターナー大将は、戦前私の駐米時代には、まだ大佐であって「ディレクター・ウォー・プラン」の要職であった。

大将は温厚で物腰の柔らかな紳士であったが、内に毅然たるものを持っている様に思われた。この人は日露戦史に興味があった様で、パーティで会うと、良く私に日露海戦史についての質問や、それについての彼の意見などを語りかけることがあった。

私は職務柄から、想定敵国である日本海軍士官の物の考え方の一端でも知ろうとする真剣な気持ちの表れではなかったかと思っていた。

戦争になって米軍がガダルカナル島に進攻してきた時、その総指揮官がターナー少将であることを知らされた時、私は直観的に頭に閃いた事は、彼は自らその指揮官を買って出たに違いない、ということであった。

それは、自分で計画した作戦中、最も困難な上陸作戦！　しかもそれは今後の米軍作戦の要ともいうべき重要な作戦を他人任せとせず、自分自身でその実施に当たろうとすることは、彼のやりそうなことだ、と思われたからである。

そこで私は、戦後カリフォルニア州北部の景勝地、モンテリーに隠退中のターナー大将を訪問した時、まず最初に「あなたは水陸両用部隊指揮官を自ら志願なさいましたね」と話しかけると、彼はその問いには直接答えないで、「私が作戦部長から水陸両用部隊に転出した時、私の親しい友人達からは、お前はクレージーだ、と言われたものだ」とニコニコ笑いながら、間接的に肯定されたのであった。

ターナー夫人がその時口を挟んで、「夫は私に新しい任務のことについて、十分説明してくれないものだから、軽い気持ちで留守宅をワシントンからカリフォルニアに移したが、その後に新聞で、ガダルカナルの激戦の模様を知り、毎日心配ばかりして暮らしていました」と話された。

私は作戦計画に携わる人達は、ターナー提督の様な責任観念と意気込みとを持つべきものだと、かっての我が身に引き比べて、今更ながら提督の人物に敬意を覚えたのであった。私は、幹部学校の入校式や卒業式に出席して、校長始め来賓の方々が、学生に対して毎回繰り返して語られる所謂「将軍道」のご訓示を数多く拝聴してきたが、果たしてどれ程の人達がこれを身に付けて有終の美を納め得るであろうかと考えることがある。

東郷元帥やニミッツ元帥、ターナー大将は勿論、天性の素質に恵まれていた将帥だと思われるが、それに加えてこれらの人達といえども、青年士官時代から、連綿不断の努力を重ねて人格完成に励まれた結果、大成されたものであろう。

そして私の浅薄な見聞からの観察でも、これら優れた将帥に共通して言い得ることは、彼等は与えられた任務に対しては寸毫もゆるがせにすることなく、飽くまでもこれを完遂《かんすい》しようとする、並々ならぬ強い責任感の持ち主であったことを、私は今尚《なお》信じて疑わないのである。

校訂を終わって

寺井中佐が生前よく私に語ったのは、「文と武は、国家の進路を支える重要な『両輪』であって、互いに理解し合いその足らざるを相補い合わねばならぬ。にもかかわらずあの時（日米開戦）、あのような国家的重大事を、出先の文官だけに一任するが如き事態を許したのが大きな誤りであった。出先の一文民に、『危機管理に対する動物的嗅覚』を求めることはどだい無理な話であった。新国軍の幹部はこの教訓を無にすることなく、本務に励み、危機に関する本能的嗅覚をますます磨き、文民の足らざるを補わなければならない。そして、文と武は、常に車の両輪として密接に機能しなければならぬ」というものであった。

今次大戦の裏には、国家の命運を賭けた戦場で真摯に任務に取り組み、愛する者を残して散華していった多くの「軍人たち」がいたことを改めて思い返し、彼等の人生の一コマとその真情とに思いを馳せることは大切なことだと思う。

余談だが、近所のコンビニで古い資料をコピーしていたところ、後ろで待っていた都内の私立大学生が海軍兵学校の写真を覗き見て、「カッコ良いッスネ。本物の迫力スネ！」と言った。

私が「この写真に写っている青年達のほとんどは戦死していったのだ」と解説すると「凄いッスネー。偉いッスネー。俺には出来ねーなあ」と言うので、「最近の君らのような若い連中は本当に頼りない。男がそんなに軟弱では外国から攻め込まれるぞ」と言うと、「ヤベー！」と言って頭を掻いた。

感じのいい青年で、内面は戦前・戦中の日本青年達と少しも変わっていない、問題は「肝心なことを教えられていない」ところにあるのだと痛感し、我々大人たちの「教えざるの罪」を恥じた一瞬であった。

自衛官として日々任務にまい進する後輩たち、真剣にわが国の近代史を学ぼうとしている若者たちに、苦難の時代に青春を捧げた多くの人がいたことを知ってもらえれば幸いである。

校訂にあたっては寺井中佐の名を傷つけないか不安だったが、青林堂の蟹江磐彦社長の「第一級の資料を世に残すべし」という強い要望と、渡辺レイ子取締の専門的アドヴァイス、並びに家内（旧姓寺井）の積極的な支援を得たことに感謝したい。

改めて今は亡き寺井中佐はじめ、先の大戦で散華された多くの英霊のご冥福を祈り、感謝の誠を捧げる。（平成二十五年夏）

寺井 義守（てらい よしもり）

1903年（明治36年）石川県生まれ。海軍兵学校54期、海軍大学校卒。軍艦「愛宕」飛行長、鹿屋航空隊飛行長を経て、開戦時ワシントンの日本大使館付き海軍武官補佐官、抑留の後交換船で帰国後、海軍省人事局員、軍令部作戦企画班長、終戦時中佐。戦後は海上自衛隊幕僚監部防衛課長、佐世保地方総監、鹿屋航空隊司令、横須賀地方総監、幹部学校長を歴任。昭和36年退官、海将。

佐藤 守（さとう まもる）

1939年、樺太生まれ。防衛大学校卒業後、航空自衛隊へ入隊。戦闘機パイロットに。第3航空団司令、航空教育集団司令部幕僚長、第4航空団司令、南西航空混成団司令などを歴任。97年、空将で退官。総飛行時間、約3,800時間。著書に『実録 自衛隊パイロットたちが接近遭遇したUFO』（講談社）、『金正日は日本人だった』（同）、『国際軍事関係論』（かや書房）、『日本の空を誰が守るのか』（双葉新書）、『ジェットパイロットが体験した超科学現象』（青林堂）、『自衛隊の「犯罪」雫石事件の真相!』（同）、『大東亞戦争は昭和50年4月30日に終結した』（同）、『日本を守るには何が必要か』（同）。

ある駐米海軍武官の回想

平成25年9月2日 初版発行

著 者 寺井義守
校 訂 佐藤 守
発行人 蟹江磐彦
発行所 株式会社 青林堂
〒150-0002 東京都渋谷区渋谷 3-7-6
TEL 03-5468-7769
印刷所 株式会社 シナノパブリッシングプレス

ブックデザイン／吉名 昌（はんぺんデザイン）
協力／株式会社スピーチバルーン
DTP／有限会社 天龍社

ISBN978-4-7926-0476-9 C0030

http://www.garo.co.jp

大東亜戦争とはアジア植民地解放戦争だった！

大東亞戦争は 昭和50年4月30日に終結した

著：佐藤守

昭和20年8月15日。
「太平洋戦争」は終戦。
昭和50年4月30日。
その後も続いた「大東亜戦争」の
終結により、
アジアは欧米の植民地から
すべて解放された！

▼四六／上製
▼定価／２０００円（税込）

ISBN 978-4-7926-0457-8